Petit manuel du parfait arriviste

Corinne Maier

Petit manuel du parfait arriviste

Flammarion

ISBN : 978-2-0812-3337-9

INTRODUCTION

Le XXIe siècle sera hypocrite ou ne sera pas

Le mensonge, c'est la vie. Les patrons baladent leurs salariés, les banquiers roulent leurs clients, les journalistes retouchent l'info, les laboratoires pharmaceutiques enfument les malades. Bobards, fables, feintes et faux-semblants sont le ciment de la vie sociale et constituent les mamelles de l'Histoire.

En dépit des impératifs actuels de transparence, de vérité, de sincérité, nous vivons dans un univers bidonné. Ce sont les serial-menteurs, experts en artifices, professionnels de la contre-vérité et du double langage, qui tiennent le haut du pavé. À eux s'ouvrent d'innombrables interstices, crevasses et fissures qui se concrétisent sous la forme de fauteuils, tribunes, avantages, sans compter les disciples prêts à gober leurs sornettes et, en prime, beaucoup d'argent.

C'est que l'hypocrisie s'est mondialisée. Un trader de Wall Street n'hésite pas à fabriquer un titre pour miser sur son échec, corrompt les agences de notation pour qu'elles bénissent cette obligation, puis la vend à une banque européenne un peu lente à comprendre. Bingo ! Quant à la scène politique, elle est littéralement irriguée par le mensonge : les armes de destruction massives irakiennes inventées par George W. Bush, les craques de Bettino Craxi puis de Silvio Berlusconi, les rideaux de fumée des deux joueurs de bonneteau Poutine et Medvedev en sont la preuve.

Certes, personne ne vous oblige à jouer du pipeau. Mais si vous voulez être membre de plein droit des couches moyennes et supérieures, des hypercadres de la mondialisation, des élites urbaines circulantes et globalisées, vous aussi devez avancer masqué. Réussir aujourd'hui exige une grande habileté à habiller la réalité, à servir des boniments, à ennuager les intrigues, tout cela sous le déguisement du collectif et de l'intérêt général. Si Nicolas Sarkozy n'a pas été réélu président de la République française, c'est peut-être parce qu'il l'a joué beaucoup trop cash dans les dents qui rayent le parquet et le bling-bling vulgaire.

L'indispensable manuel du faux-cul que vous avez entre les mains signe l'extension du domaine de l'hypocrisie. Cette vertu cardinale du XXIe siècle, jusque-là réservée à ceux qui maîtrisent les codes, n'aura bientôt plus de secret pour vous. Pourquoi le cynisme maquillé de bons sentiments devrait-il être l'apanage des gens qui vous donnent des ordres ? Il est légitime de retourner cette arme contre eux. Tout ce que vos parents ne vous ont pas expliqué, tout ce que votre chef ne vous dira jamais (il a peur que vous ne preniez sa place), tout ce que les journalistes n'osent pas écrire (ils risquent leur emploi) se voit enfin mis à votre portée.

Un *mytho* sommeille en vous : donnez-lui sa chance. Devenez un *cynicoïde* postmoderne accompli. Comment caresser dans le sens du poil les lieux communs de l'époque, débiter les mots-clés du catéchisme bien-pensant d'usage ? Comment feindre d'être dupe, se soumettre à la réalité pour mieux s'en servir ? Comment se comporter vis-à-vis de ses collègues, de ses supérieurs, de ses contacts, de ses partenaires amoureux, de ses enfants, de sa mère ?

Bienvenue à un club auquel je n'appartiens plus. Car je donne ici des conseils que je n'ai pas suivis. Il m'arrive de plus en plus souvent de le regretter : je m'en serais mieux portée qu'en effectuant un assourdissant *coming out* avec mon livre *Bonjour Paresse*, qui a révélé à tous que je faisais semblant de travailler pour l'entreprise qui m'employait depuis plus de douze ans. Je me demande parfois pourquoi je n'ai pas continué à feindre. Aujourd'hui, j'aurais un salaire, une carte de visite flatteuse, des congés-maladie et la perspective d'une retraite. À présent, il est trop tard et me voilà vouée à une non-carrière définitive. C'est ainsi : il y a un prix à refuser le prêt-à-porter de son époque. Mieux vaut, et c'est moins risqué, suivre mon guide et ses suggestions.

Lecteurs, réussissez là où j'ai échoué ; soyez *fake*.

PS : Ce guide du savoir-mentir s'adresse aussi aux habitués de la poisse, à ceux qui traînent un karma un peu naze, aux maudits nés sous une mauvaise étoile, aux abonnés de jaipasdechance.com. Aux laissés-pour-compte des choses à connaître, à ceux qui ont l'impression de traverser l'existence avec une pancarte dans le dos disant : « Ne le mettez pas au courant. » À ceux qui, quand ils choisissent une praline dans une boîte de chocolats, tombent toujours sur la plus mauvaise, celle avec de la liqueur gluante dedans. Mes frères et sœurs de la *lose*, les endurcis de la négative attitude, rions ensemble des semblants des autres. Vous trouverez ici une description fidèle de toutes les postures et impostures de ces *winners* si clichés que vous trouvez ridicules - tout en les enviant un peu. Voilà l'époque mise à nue par ses retardataires, même...

Le mytho-man entre en scène

Attachez vos ceintures, vous voilà entré dans la grande centrifugeuse d'aujourd'hui, cette machine à fabriquer du positif, du mouvement et de la compétition. Il vous faudra d'abord parler la langue de l'époque : ses ressources sont inépuisables pour cacher en feignant de montrer, pour esquiver en donnant l'illusion de l'engagement, pour intoxiquer par de trompeuses vérités. Voici quelques conseils indispensables pour se situer dans le camp de ceux qui gagnent : positiver à tous crins, maîtriser les ficelles du *storytelling*, réseauter – sans oublier, bien sûr, de cultiver sa part d'ombre.

1

Ouiouiland

Les livres d'histoire exaltent les résistants, ceux qui ont dit non. Quel courage ! Mais, en fait, le non a fait ses adieux depuis un moment. Il n'y a plus de place pour les ennemis de l'approbation. Rejoignez plutôt les locataires ébahis et tout sourire du territoire du « oui », nagez dans son courant chaud et réconfortant[1] plutôt que de vous perdre dans l'eau glacée du non. Car ce dernier est hétéroclite, disparate, bref, dérangeant. Il constitue en fait une faute de savoir-vivre. Vous n'êtes plus dans le monde d'hier, en grande partie subi, mais dans le monde d'aujourd'hui, supposé être désiré par chacun d'entre nous.

Ouvrez les bras à l'avenir radieux. Vous accélérerez son avènement en acquiesçant : « absolument », « tout à fait », sont vos vocables préférés. Bienvenue sur les pistes géantes du Super-oui. Vous y slalomerez en toute bonhomie et en toute neutralité, puisque le oui a une bonne tête consensuelle. « Pas de souci », répéterez-vous à tout bout

1. Comme l'écrit un consultant, « Dire oui ou dire non n'est pas le plus important. Seuls l'échange et la synergie d'une communication constructive permettent à l'entreprise, et aux individus qui la composent, de s'épanouir. »

de champ, en alternance avec « no problemo », plus exotique, plus olé-olé et plus informel. Si votre n +1 vous demande d'effectuer une tâche casse-pieds, lui répondre avec entrain : « Ça marche. » Puis, vous vous débarrasserez du fardeau sur un stagiaire ou un intérimaire qui ne sera pas, lui, en position d'esquiver.

Vous ne vous opposerez jamais, tout au plus émettrez-vous des contre-propositions constructives. Le refus, la contestation ne sont pas efficaces. Le non aurait-il fait une TS (tentative de suicide) ? Seul le dieu de la Bible a encore le pouvoir de dire non. La divergence, la désobéissance, le désaccord se sont fait la malle. Il est donc devenu difficile de parler. Du moins, difficile de parler sans s'exposer. Vous serez donc sur vos gardes, car être surpris en flagrant délit de non-adhésion, voire d'opposition, même larvée, peut se payer très cher. Vous vous interrogerez : « Ai-je assez dit oui ? Et ai-je été assez clair dans mes acquiescements ? Le message est-il passé ? » Si ce n'est pas le cas, votre chef vous signifiera que vous n'êtes pas assez souple, que vous n'avez pas adopté la culture d'entreprise, vous ne relayez pas les priorités stratégiques – au fond, que vous n'avez pas hoché la tête avec assez d'énergie. Musclez vos cervicales !

Au lieu d'un *niet* franc et massif, mieux vaut susurrer : « Je ne suis pas sûr que ce soit une très bonne idée. » Votre banquier non plus n'aime pas dire non, il refuse du bout des lèvres : « Je crois que cela ne va pas être possible. » La fin de non-recevoir émane de l'organisation et de ses complexes arcanes, lui n'y est pour rien. Il n'est qu'un porte-parole ; pour un peu, il s'excuserait. Vous l'imiterez ; si vraiment vous devez refuser, c'est bien entendu à contrecœur. Et, au moment de dire non, vous le ferez avec l'art et la manière. Allons, un peu de savoir-faire relationnel ! Vous direz non de manière positive. Vous déclarerez que le projet, l'idée, le dossier, est formidable – hélas… « C'est très intéressant, mais cela ne rentre pas dans nos lignes de produits » ; « C'est riche, il y a de la matière, mais le *draft* est un peu imprécis. »

L'insuffisance, l'échec, le défectueux n'ont plus droit de cité. Bardez vos phrases d'euphémismes, ils rabotent le négatif et camouflent les problèmes. Une destruction de marchandises est un déstockage, un échec est un défi stimulant. Un drame est une remise en question salutaire. Une engueulade est une franche discussion. Un peine-à-jouir déprimé devient un individu austère, un extraverti alcoolique se transforme en bon vivant, l'homosexuel se métamorphose en célibataire endurci ; celui qui est mû par d'incontrôlables appétits vit sa vie à fond, l'obsédé sexuel apprécie la compagnie féminine.

De même, le *downsizing* n'est rien d'autre qu'un signe de redressement. Le *reengenering*, une preuve d'innovation dans l'organisation. Une vague de licenciements peut s'appeler un progrès de compétitivité ou un projet d'excellence opérationnelle. Vous transformerez la fermeture de la boîte qui vous emploie en occasion de rebondir et de saisir de nouvelles opportunités, une dépression nerveuse en modification des perspectives de vie, le départ de votre partenaire en nouveau départ sentimental. Tout échec, après tout, n'est jamais qu'une expérience qui aide à grandir.

Les choses désagréables doivent être esquivées. Le climat ne se détraque pas, il change. Les ventes ne s'effondrent pas, les goûts des consommateurs ont évolué. Le marché de l'immobilier ne baisse pas, il se consolide pour reprendre son souffle. L'entreprise n'est pas à deux doigts de la faillite, elle accélère sa restructuration avec des cessions anticipées d'actifs. Quant à la crise… C'est une bonne crise, providentielle car promise à une rétroaction heureuse, à un *feed-back* positif, puisque toute perturbation récrée de l'ordre en obligeant l'organisation antérieure à se transformer. Déblatérer d'un air convaincu : « Ce véritable séisme a du bon, car il met en lumière la limite d'un monde fondé sur la cupidité et la quête de richesse individuelle. Si ce système mène à l'impasse, il va falloir le réinventer, identifier de nouvelles sources de création de valeur. En stimulant nos imaginations, la crise accouchera d'un monde d'inventions. »

Vous brûlerez d'envie d'être acteur du changement sociétal qui s'annonce. Du neuf, enfin, des solutions innovantes, des opportunités décoiffantes ! Si certains fatalistes ont baissé les bras, c'est qu'ils manquent à leur plus élémentaire devoir de positivité. Se montrer proactif permet de rebondir sur les événements afin de servir vos intérêts bien compris. Condoleezza Rice, ancienne secrétaire d'État des États-Unis, en a donné un bel exemple devant la commission des Affaires étrangères du Sénat. Selon elle, le tsunami dévastateur de 2004 en Asie a fourni « une merveilleuse occasion » de relancer la politique américaine dans cette région du monde. Un raz-de-marée ? Chouette ! À vous aussi, *Ouiouiland* tend les bras.

2

Le nigaud du dîner de cons

La posture du chien qui balance sa tête de haut en bas à l'arrière des voitures est un bon début. Mais il faudra aussi prétendre y croire. Le dupe, ou celui qui fait semblant de l'être, répète en permanence, la bouche en cœur : « J'y crois. » Carrefour y croit, Areva et Starbucks aussi. La firme de cosmétiques Lush y croit tellement qu'elle affiche une charte de croyances sur son site Internet et sur ses emballages : *we believe*... La liste est longue : « Nous croyons qu'il faut fabriquer nos produits à la main... Nous croyons que des gens heureux fabriquent des savons qui rendent heureux... Nous croyons aussi au droit de se tromper, de tout perdre et de repartir de zéro. » Par ma foi, il faut un sacré culot pour défendre le droit à la ruine...

Un mouvement autoporteur vous soulèvera vers les cimes de la foi. Vous avez un travail ennuyeux ? Vous êtes payé pour inventer des jeux télé stupidissimes ? On vous emploie pour vendre des gadgets à des gogos, pour aider des gens surendettés à s'enfoncer encore plus dans le rouge ? Peu importe, pour garder votre emploi il est indispensable de montrer aux autres que vous êtes à fond dans ce que vous faites. Vous afficherez une adhésion sans faille en votre entreprise, votre organisation. Même quand vous échouerez, vous voudrez encore y croire. Le succès ne consiste-t-il pas à aller d'échecs en demi-échecs maquillés en presque-réussites ?

In Trust we trust. Vous commencerez vos phrases en disant : « Je crois... », cela donne une apparence de logique à des choses qui n'en ont pas forcément. C'est parce que vous y croyez que vous serez crédible, une qualité essentielle pour faire de bonnes affaires. La banque Goldman Sachs a aidé la Grèce à camoufler sa dette, permettant à ce pays de rejoindre en 2002 la zone euro. Wall Street comme la City y ont cru, n'est-ce pas le plus important ? Et que ceux qui n'y croient pas circulent. Ne dit-on pas d'un candidat malheureux à une élection qu'il n'avait pas l'air d'y croire suffisamment ? On a reproché à l'un de mes amis avant de le licencier : « Vos performances sont bonnes mais vous n'avez pas l'air d'y croire, cela démotive l'équipe. »

Croire à quoi ? Euh... De toute façon, personne ne vous posera la question. L'élan compte davantage que le but. Car il est probable que ce ne sera pas vous qui l'atteindrez, mais une autre personne, un autre salarié, demain, dans deux ans ou jamais. Ou alors une autre entreprise, tôt ou tard. Cela ne change rien, y croire est de toute façon la racine de la positive attitude, qui consiste à se convaincre qu'un objectif est accessible si on y aspire avec conviction. Bref, c'est une version un peu relookée de la bonne vieille méthode Coué. Est-ce que ça marche ? Qui croira verra.

Y croire, c'est lutter, contre le scepticisme bien sûr, mais aussi contre l'adversité, les pesanteurs, les discours établis... Lutter, résister, se battre sont les mots de millions de beaux révoltés. Il n'y a plus de guerre en Europe ? Vous partirez quand même au front, peu importe contre quoi. Il le faut bien, car sur les *dance floors* des médias ou des conseils d'administration, on se méfie de ceux qui n'exhibent pas leur épée de gladiateur, ceux qui traînent des pieds, qui cassent la dynamique positive. Il ne suffit pas de faire, il faut en plus adhérer, et avec enthousiasme. Aller à des réunions, parler le jargon, tous ensemble. Vous vous contentiez d'observer sans ciller : eh bien, participez, maintenant !

Pas de malentendu, y croire vraiment est le signe d'une pathétique naïveté. Pourquoi les banques ont-elles pris l'habitude de changer régulièrement votre conseiller personnel ? Parce qu'elles savent que leur employé, avec le temps, pourrait s'attacher à vous et se comporter non plus comme un commercial décidé à placer ses produits, mais comme un être humain soucieux de vos problèmes quotidiens. Bref, il risquerait de croire... aux valeurs qu'il est censé défendre : le service à la clientèle, le conseil personnalisé, l'écoute. Ah là, pas de ça ! Le salarié ne doit pas s'identifier au client, mais incarner l'intérêt de l'entreprise, les deux sont souvent incompatibles.

Et puis, accorder foi à l'honnêteté, au service de l'État, à la transmission du savoir, est un peu démodé. Au CAC 40, au BEL 20, au Dow Jones et au Nasdaq, le cours de leurs actions est en chute libre. Oubliez l'accomplissement par le travail, ce résidu dépassé d'âges farouches où l'homme se mesurait à la nature pour survivre. Où sont passés les juges incorruptibles, les fonctionnaires intègres, les éducateurs qui se consacrent à leur vocation, les ouvriers passionnés par le travail bien fait ? Pas question d'être le dernier des Mohicans du Bien.

Vous ne serez pas dupe du fatigant moralisme qui baigne tant de discours. Des sermons, des leçons à tous les carrefours, à chaque réunion et dans tous les magazines... Comme les Européens de l'Est naguère, vous avez deux cerveaux, un cerveau embrigadé et un cerveau normal, et vous passerez constamment de l'un à l'autre. La morale n'est destinée qu'à ceux qui ont besoin de repères dans la vie. Ce n'est pas votre cas. Plutôt que de croire à ces salades, mieux vaudra s'y croire. Votre infatuation vous protégera des déprimes et autres variations d'humeur improductives. Car un ego surdimensionné constitue un bouclier éprouvé contre les aléas de l'existence. Ego-man, c'est vous.

3

Customiser son moi

Votre moi *boosté* aux amphétamines sera votre étendard. Vous partez dès maintenant à la conquête de la bonne opinion de vos contemporains. Suscitez leur intérêt, marquez les esprits. Pour cela, il conviendra de vous vendre en forgeant un message habile. Utilisez les méthodes du *storytelling*, un domaine où les Américains sont bien plus expérimentés que les Français. Vous aussi, *storytellez*-vous. Le vocable vient du management et consiste à produire une histoire racontable (que les irracontables aillent se rhabiller) pour vendre quelque chose. Les histoires ne sont-elles pas la monnaie d'échange des rapports humains ?

Les cabinets de recrutement sont formels : il faut résumer une vie à l'essentiel. Se démarquer pour se faire remarquer, tout est là. Votre récit de vie vous permettra de mettre en valeur votre différence, réelle ou imaginaire. Prenez exemple sur Carlos Ghosn, président de Renault. Que nous dit sa biographie officielle ? Issu d'une famille libanaise, il parle sept langues, il a vécu au Brésil avant d'effectuer de brillantes études en France. Voilà, le tour est joué : il dit *yes* à un monde globalisé.

Vous n'êtes pas un patron médiatique, et en plus vous n'avez rien à dire de vous ? Rien ou pas grand-chose : vous avez grandi à Melun, un bled de Seine-et-Marne, votre père était employé à la SNEGMA, un fabricant de moteurs d'avions. Euh, c'est tout ? Oui. Plus banal, tu meurs. Alors, vous n'avez pas le choix, vous devez inventer quelque chose. C'est ce que j'ai fait ; sur ma fiche biographique Wikipédia, mise à jour par mes soins, je me suis décrite comme l'« arrière-petite-fille du célèbre humoriste viennois Otto Lux Mayer ». C'est, bien sûr, un personnage imaginaire, mais cet ancêtre prestigieux me donne un certain panache. J'aurais dû y penser plus tôt mais, à 48 ans, il est encore temps de se vendre.

Votre histoire remaniée en légende vous aidera à promouvoir la marque « Vous ! ». Sans elle, non seulement personne ne se souviendra de vous avoir rencontré, mais personne ne vous écoutera. Il faut se lancer : vous venez d'une famille de mineurs de fond du Nord, votre grand-père vous a tout appris avant de mourir d'un coup de grisou ; vous avez été abandonné à l'âge de 6 mois, vous vous en êtes sorti grâce à votre oncle, un prince arabe polygame d'une rare humanité ; un séjour en Azerbaïdjan a bouleversé votre vie car vous avez acquis dans ce pays rude mais accueillant le sens des vraies valeurs… Un peu tiré par les cheveux ? Peu importe, vous avez enfin des origines. Cela vous singularise auprès des autres. L'essentiel est de savoir opportunément recaser votre histoire au bon moment, au bon endroit et auprès de la bonne personne. *The right man at the right place*, non pas pour agir, mais pour écouter vos fariboles.

4

Oh mon réseau, le plus beau des réseaux

Les autres vous prêtent une oreille attentive ? C'est une victoire, mais ne comptez pas pour autant sur leur bienveillance. Dans notre monde, tout est rapport de force, tout est combat, lutte, adversité. Donc, pas de sentimentalité déplacée. L'amitié est une déperdition d'énergie, sauf pour ceux qui sont tellement pauvres qu'ils n'ont rien à perdre. Ne dites pas : « J'ai des amis », dites : « Je cultive la dynamique de réseau. » Car ceux que vous appelez vos copains font partie de vos contacts, et vous serez peut-être amené à travailler avec eux (ou contre eux) un jour.

Afin de se constituer un carnet d'adresses, pas besoin d'être un champion de la communication : Mark Zuckerberg, un informaticien notoirement introverti, est le fondateur du réseau social le plus puissant du monde. Famille, amis, collègues, sur Facebook, vous engrangerez des contacts, vous les gérerez, vous ferez bouger votre profil ; tout est visible, et tant mieux, le pire c'est d'être invisible, donc oublié. Grâce aux NTIC (nouvelles technologies de l'information et de la communication), créer du buzz sur vous-même, se déployer sur les sites de réseaux professionnels en ligne Viadeo ou Linkedln, monter un blog perso destiné à votre autopromotion, où vous commentez en *live* vos dernières prouesses sur le budget Nestlaid. Un vrai plan média destiné à accroître votre réputation.

Mais vous saurez mettre les limites. Inutile d'entretenir des contacts avec des gens qui vous sont socialement inférieurs, ils n'ont pas l'entregent nécessaire pour vous filer un coup de main ou vous renvoyer l'ascenseur. Vous éliminerez ces poids morts de votre agenda. La gentillesse, de toute manière, est un piège. Pas d'élan irraisonné d'altruisme. Pourquoi perdre son temps à aider un obscur cousin, à donner un coup de pouce à un semi-inconnu qui végète dans son coin ? Rendre service gratuitement à quelqu'un est contre-productif si le retour sur investissement est nul.

Commencez dès à présent à nouer des liens utiles au travail. Les journées au boulot sont longues ; en attendant, non pas le Grand Soir, mais tout simplement le soir, c'est le moment idéal pour réseauter. Parlez de tout et de n'importe quoi avec vos collègues. Des derniers gadgets électroniques, de sport, de voitures (si vous êtes un homme), d'enfants, de shopping (si vous êtes une femme). Et de divertissements : les séries américaines sont des réservoirs incroyables de discussions de cantine ras les pâquerettes. Êtes-vous plutôt *Lost*, *Urgences*, *Dexter* ou *Prison Break* ? Et *Dr House* ? Vous avez vu la saison 7 ? Savez-vous que Lisa Edelstein, alias Cuddy, a annoncé son départ, y aura-t-il une saison 9 ?

Mais il n'y a pas que le boulot dans la vie. Un événement de proximité, un barbecue chez des collègues, une réunion de quartier seront de parfaites occasions pour mettre en pratique votre capacité à créer du lien social. Afin d'attirer l'attention des autres, vous vous placerez dans une position dominante ; entouré d'une poignée de fidèles, vous vous immiscerez dans le groupe où s'agglutinent le plus de personnes. Là, au cœur de la mêlée, vous identifierez les alliés potentiels. Vous repérerez ceux avec lesquels échanger une carte de visite, ceux qui pourront vous aider et vous servir de marchepied.

Avec chacun et avec tous, vous serez disert, cordial, jovial. Vous ferez preuve d'une amabilité commerciale de façade. Vous discourrez avec distance, comme ces gens qui semblent s'ennuyer quand ils parlent. Mais il conviendra de rester sur la défensive. Pas d'intimité trop précipitée, qui pourrait laisser dans son sillage une sorte de malaise. Rien à dire ? Vous parlerez pour occuper le terrain, débiterez des phrases maniant des liens de causalité incontestables : « L'inflation menace car les prix augmentent », « Les cours de Bourse fluctuent car le monde est incertain »…

Vous manierez avec maestria ces oxymores qui donnent le ton : éthique des affaires, développement durable, guerre humanitaire, tourisme éthique, création de valeur émotionnelle… Tout le monde *oxymorise* à perte de vue. L'objectif de cette débauche de termes contraires est, bien sûr, d'être « différents ensemble » – encore un oxymore. Le deuxième mot, ensemble, est plus important que le premier, car si vous êtes vraiment différent vous aurez bien du mal à monter dans le bateau de l'époque, qui ne prend que des réservations de groupe.

Se mettre en avant est tout un art. Ne dites pas : « Je suis salarié », mais plutôt : « Je bosse pour une multinationale. » Évitez : « Je rame, la crise c'est vraiment dur pour les petites boîtes », et affirmez : « J'ai monté ma propre structure. » Ne jamais dire : « Je ne fais rien, je suis sur la touche », mais plutôt : « Je mets à profit un *break* pour explorer de nouvelles pistes professionnelles prometteuses. » Frimez tout en sachant rester humble : « Le service de nettoyage des chambres du Sofitel de New York est lamentable » ; « Ma fille de dix ans est la meilleure de sa classe mais elle m'inquiète : elle passe ses journées à lire » ; « Ah ! lala... J'ai eu une place VIP pour la finale de Wimbledon, mais les petits-fours étaient vraiment infects ! »

Vous prêterez l'oreille avec calme aux idées loufoques ; ah bon, ce n'est pas Christophe Colomb qui a découvert l'Amérique, mais Cagliostro ? Vraiment, en se concentrant on peut entrer en contact direct avec le mental d'une plante ? Après tout, ce n'est pas tellement plus abracadabrantesque que certaines infos annoncées à grand renfort de trompettes à la radio. Ainsi la NASA, voilà quelques années, avait claironné la découverte de traces d'eau sur Mars : un pur effet d'annonce afin de trouver les financements nécessaires à la relance des programmes d'exploration de l'espace.

Vous tolérerez tout, sauf, bien sûr, l'intolérable – plus précisément ce que les autres jugent intolérable. À quoi bon les contredire ? C'est la grande Tolérance Universelle. Vous montrerez votre ouverture d'esprit en accueillant tous les points de vue, d'où qu'ils viennent. Vous endosserez la posture de celui qui ne se laisse pas enfermer dans un seul paradigme. Dans la conversation, vous ferez semblant d'amorcer le dialogue, d'échanger des idées, de débattre. Tout le monde a le droit de s'exprimer. Pas de préjugés, pas de point de vue hégémonique, tous les humains sont égaux, toutes les villes ont une belle énergie,

Oh mon réseau, le plus beau des réseaux

Mozart = Lady Gaga, Les Possédés = Harry Potter. La vérité est une construction sociale, une affaire relative. Chacun sa sensibilité, tout est une affaire de ressenti, une question de goût (et de dégoût, mais on en parle moins).

5

Rase-mottes

Malgré le grand-angle mental avec lequel vous accueillez les opinions des autres, vous n'accorderez pas un regard aux marginaux, vendeurs de couvertures orgoniques, mages végétaliens, bakouninistes et autres faucheurs volontaires. Ces excentriques peuvent perdre des heures à défendre une énormité, un paradoxe ; leur conception élastique du temps n'est pas la vôtre. Sachez reconnaître, pour mieux les fuir, les attitudes anti-organisationnelles. Les empêcheurs de tourner en rond, les trouble-fête, les réfractaires, les avachis, les déprimés appartiennent de plein droit à ce groupe à risque – le pessimisme n'est-il pas devenu immoral ?

Vous accorderez un regard désapprobateur à celui qui est encore assez bête, assez primitif ou assez suffisant pour s'engager dans ce qu'il dit. Tout ce qui excessif est insignifiant, et surtout dangereux. Une affirmation un peu forte fait l'effet d'une faute de savoir-vivre, d'un acte non convivial, d'une provocation. Vous vous garderez de proclamer : « La retraite à 60 ans, quelle connerie ! », ou : « Je ne paierai plus mes impôts tant que notre pays vendra des armes à des pays en guerre. » Un « C'est votre point de vue » bien asséné rendra la raison à votre interlocuteur qui, lui, a l'impudence de croire dur comme fer à quelque chose, et de s'imaginer en plus qu'il peut vous convaincre. Si ça ne suffit pas, vous lui balancerez dans les dents : « Cela n'engage que vous, ce que vous dites là ! » Le néant de certitude vous accompagnera comme une traîne, vous rendant invisible – donc inaccessible – aux attaques des autres.

Les deux personnages auxquels vous devrez absolument éviter de ressembler sont d'abord l'idéaliste, qui rêvasse en appelant de ses vœux un monde meilleur, et puis l'idéologue, qui ne produit que de beaux discours déconnectés du réel. Tous deux font l'apologie d'un changement de paradigme sans assise concrète. Mais laissez-les aller jusqu'au bout de leur logique sans les diaboliser. Ils ignorent probablement qu'on est entré dans une ère de fin des idéologies depuis la chute du mur de Berlin. Leurs dogmes ont été démasqués comme autant d'illusions.

Préparez-vous à affronter efficacement vos contradicteurs potentiels. Vous êtes pragmatique. Vous vous situez dans le camp du réel, du possible. Vous regardez la réalité en face, vous voyez les choses comme elles sont. Vous utiliserez avec componction les mots « objectivement » ou « concrètement » (les dire toutes les deux phrases, en alternance). Vous dresserez des constats pour vous donner une apparence d'impartialité : « C'est vrai que… », « Il faut dire que… » Les réalités, c'est l'indiscutable, le tangible, le *hardware* de l'existence ; le reste, les combats à mener pour un monde meilleur, ce ne sont que des conceptions de l'esprit, des représentations abstraites, des rêveries fumeuses. À balayer d'un revers de main et d'un haussement d'épaule.

Car le passé est rempli de faux prophètes et de promesses non tenues. Vous vous méfierez des gens obnubilés par leur mission, qui perdent de vue tout sens commun au point de négliger leurs intérêts bien compris. Ces têtes brûlées n'ont probablement jamais entendu les formules, certes plan-plan mais tellement vraies : « Tant va la cruche à l'eau qu'elle se casse », ou encore : « Passé les bornes, y a plus de limites. » Dans l'intimité de votre for intérieur, vous vous demandez s'il y a jamais eu, dans l'Histoire, autre chose que des mégalomanes pour provoquer quelque mouvement, quelque action ou réaction. Quand on y pense, jadis, tout le monde était fou. La preuve, les idées fausses ont fini dans le sang ; heureusement, il s'agit du sang des autres.

Il sera plus raisonnable de suivre le sens du vent, qui vous tiendra lieu de boussole. Un jour à droite, un jour à gauche ; un jour dans le service public, un autre dans une multinationale. Après tout, c'est le cas de la plupart des décideurs à haut potentiel, Pascal Lamy (fonctionnaire devenu directeur de l'Organisation mondiale du commerce), Mario Monti (le Premier ministre italien, passé par la banque d'affaires Goldman Sachs) ou Tony Blair (ex-Premier ministre anglais embauché par Louis Vuitton). Ces gens ont multiplié les allers-retours entre le privé et le public, siégeant dans les conseils d'administration puis effectuant avec naturel un retour dans la fonction publique. Changer souvent de casquette permet d'être couvert en toute occasion : chapeau bas.

6

Suspendu à la voix de votre maître

Réaliste et pragmatique, vous devrez saisir et valoriser toutes les occasions qui se présentent. Il vous faudra donc être joignable à tout moment : la communication nomade n'est pas faite pour les chiens. Vous vous promenez déjà partout avec votre téléphone mobile. Cela montre que 1) Vous êtes en mouvement ; 2) Vous êtes prêt à aller de l'avant.

La première question que votre interlocuteur vous pose n'est pas : « Comment ça va ? » mais : « Où êtes-vous ? » Pour répondre à son attente, votre réponse doit être : « J'arrive », « Je monte dans ma voiture », « Je suis dans l'avion »... Bref, vous devez être en train de vous déplacer. Le temps libre, c'est bon pour les chômeurs, les ratés. Évitez le très immobile : « Je suis chez moi, bien sûr », qui vous scotche sur la carte du territoire et vous écrase par sa fixité.

Puisque vous êtes au téléphone, apprêtez-vous à répondre à la question suivante, invariablement celle-ci : « Qu'est-ce que vous faites ? » Vous direz alors d'une voix inspirée : « Je travaille sur un truc porteur de sens, mais c'est trop tôt pour en parler. » Il vous faut faire comprendre aux autres que le monde d'aujourd'hui suscite chez vous une érection permanente. Votre coup de fil vous surprend en flagrant délit de paresse ? Maquillez la réalité : « Je souffle entre deux missions, j'ai besoin de me ressourcer. »

Si votre vie a été douloureusement impactée par une délocalisation, une optimisation des effectifs, un réaménagement des ressources humaines, vous vous justifierez : « Cela fait du bien de prendre un peu de temps pour soi, enfin de vraies vacances ! » Surtout, ne jamais avouer : « Je glande chez moi, c'est l'heure de l'apéro, tu entends le doux bruit du Martini versé sur les glaçons ? » Votre vie doit être structurée, contrairement à celle des indigents, des malades mentaux et des paresseux, une catégorie de gens un peu suspects qui ont comme point commun de se laisser aller.

Le téléphone est la voix de son maître, puisque les premiers mots prononcés dans son invention par Alexander Graham Bell ont été : « Monsieur Watson, venez tout de suite, j'ai besoin de vous. » À vos ordres ! Éteindre durablement son GSM, c'est montrer son indifférence vis-à-vis du monde, et ce n'est pas bon pour votre image. Car aucune part de l'individu n'est supposée échapper à l'implication dans le travail – dans la recherche de travail – ou dans l'anticipation d'un travail. Ceux qui ne fichent rien font de l'ombre aux combattants du salariat, une ombre insupportable. Ce sont des renégats, des apostats, des déserteurs de la guerre propre, celle de l'activité vide de sens et du vent brassé.

Pire, être injoignable est en passe de devenir un délit. S'absenter est un outrage aux mœurs, une opération délicate qu'il faut préparer longuement. Celui qui s'évapore ou qui prend la tangente sera ramené par la peau du dos grâce à une multitude de microdispositifs indiscrets, cartes à puces, téléphones mobiles, autant de bracelets électroniques qui permettent de le localiser. Sa traçabilité est assurée. Voilà qui sonne le glas du vieux rêve un peu daté de sortir acheter des cigarettes et de ne jamais revenir. Jadis, c'était une fugue, aujourd'hui, c'est une disparition inquiétante (y en a-t-il des rassurantes ?). Tout laisser tomber, battre en retraite, déclarer forfait ? Détaler, décamper, prendre le large ? Mais à quoi bon recommencer votre existence quand vous pouvez changer de projet et de monture à chaque carrefour ? Hue, en avant, cocotte !

7

Le côté obscur de la farce

Toujours présent, toujours positif, vous présenterez aux autres la face lisse et sans aspérité d'une personnalité 20 sur 20. Vous prétendrez faire partie de ces individus, de plus en plus nombreux, qui ne mentent pas, qui ne trichent pas, qui vivent sans honte et dans la vérité parce qu'ils n'hésitent pas à sortir du placard et à se rendre visibles. Info ou intox, peu importe. Ce qui compte, c'est de mentir avec conviction. Il faut réussir son mensonge, en le tapissant de pépites d'événements aisément vérifiables. C'est donc par un habile mélange de possible et d'impossible, de vraisemblable et d'invraisemblable, que votre simulacre passera pour un fait, voire pour un événement.

Pourquoi vous embarrasser de scrupules ? Défendre avec fanatisme la vraie vérité est dangereux. Regardez Julian Assange, cyberactiviste australien et fondateur de WikiLeaks : la passion de transparence qui l'a poussé à rendre publics des milliers de documents ultra-secrets l'a finalement mené en prison. Ou Baltasar Garzon, l'encombrant juge espagnol qui a enquêté sur une louche affaire de corruption et sur le passé franquiste de son pays : tout cela ne lui a valu qu'une mise à la retraite anticipée. Qui sème la vérité récolte la tempête.

Mais la bave du crapaud n'atteint pas la blanche colombe. « Seuls les criminels se soucient de protéger leurs données personnelles », affirme Eric Schmidt, l'ex-patron de Google. Non, dans votre jardin secret, il n'y a pas de factures impayées, pas de squelette sous le lit. Pas de diplômes bidonnés, pas de casier judiciaire, pas de thèses plagiées, pas d'évasion fiscale[1], pas de maîtresse ou d'amant à qui vous n'auriez pas tout dit. Et, surtout, pas d'enfant naturel caché dans un coin, car rien n'est plus compromettant : il tient de la place, le bougre. Arnold Schwarzenegger, ex-gouverneur de Californie dont la réputation est partie en fumée à cause d'un rejeton illégitime, pourrait en témoigner.

La vérité si vous mentez ! Vous jouerez la carte de la dissimulation pour tous les aspects discutables de votre existence. Il est, hélas, toujours temps pour le passé de passer aux aveux. Une faillite douteuse, un an de prison, un goût prononcé pour les voyous, pour les femmes vénales, pour les paradis artificiels ? Motus et bouche cousue sur ces zones d'ombre. Une jeunesse d'extrême gauche ou (pire encore) d'extrême droite ? Pas un mot. Günter Grass, le célèbre écrivain allemand, camoufla pendant soixante ans son passé nazi.

Compartimentez les choses, verrouillez les paramètres de confidentialité. Vous avez plusieurs vies ? Vous ferez en sorte qu'elles ne se croisent jamais. Vous maquillerez

1. Un tandem qui dégage une liberté paradoxale car le mot fiscal, rigide et mal connoté, s'y trouve allégé et prend d'intéressantes tonalités libertaires.

votre emploi du temps, relookerez vos fréquentations. Vous garderez pour vous vos vices secrets, vos plaisirs clandestins. Vous prendrez pour modèles ces héros multifacettes des séries américaines, le dealer de drogue professeur de collège de *Breaking bad*, le mafioso père de famille respectable de *The Sopranos*, l'orphelin au passé trouble devenu publicitaire new-yorkais de *Mad Men*. Une prudence de Sioux s'impose. Les *ghost-busters* débusqueurs de taches de spermes, de secrets et d'argent illicite guettent. Attention, d'austères féministes surveillent les conversations devant les chambres à coucher, tandis que des limiers puritains traquent les propos tenus autour des fontaines à eau. Pas de relâchement, la vérité sort parfois sans qu'ils le veuillent de la bouche des *mentants*.

C'est le grand retour de l'Inquisition espagnole. Vous êtes très pointilleux concernant le respect de la vie privée – la vôtre, bien sûr – mais assez friand des lynchages publics qui dévastent la vie des autres. L'affaire DSK, par exemple, vous a captivée : la rencontre de Dominique Strauss-Kahn avec Nafissatou Diallo dans un hôtel de New York en 2011 a été son Bûcher des vanités. Les révélations concernant sa sexualité (jusque-là un dossier classé top secret par son entourage et les médias français) lui ont coûté son poste de directeur du FMI et sa carrière politique.

Aujourd'hui, seuls les *people* peuvent encore se permettre ces débordements que les gens normaux considèrent comme de la mauvaise publicité : sexe à tout va, hystérie en limousine, bagarre au couteau, trahisons, fracas et drogues au vu et au su de tous. Ces excès peuvent pourtant constituer un fonds de commerce appréciable.

Le mytho-man entre en scène

C'est à prix d'or que Paris Hilton, célèbre jet-setteuse, vend quotidiennement ses frasques à la presse. Aurait-elle effectué une OPA sur le côté obscur des choses ? Vous, vous préférez le travail, la famille, l'équilibre. Et la vérité. Surtout, la vérité.

Le mytho-man au travail

Vous commencez brillamment votre carrière de *mytho*, vous avez acquis les bases ; il s'agit à présent d'approfondir votre pratique de l'enfumage sur la scène où l'hypocrisie règne en maître, le travail. Certes, le monde du boulot n'est pas une sinécure pour le salarié, qui n'est qu'une variable d'ajustement. Mais vous aurez des cartes dans votre jeu : vous parlerez le jargon d'entreprise, vous feindrez d'être autonome et flexible, vous endosserez l'apparence de l'employé modèle, vous saurez vous vendre, prétendrez donner du sens… Bref, vous parviendrez à manipuler les autres tout en bossant le moins possible. Pas de scrupule à se servir de ceux qui vous emploient – avant que ce ne soit eux qui se servent de vous.

8

Le parfait perroquet

Au boulot ! D'abord, il faut parler le jargon de la planète Travail. Quand j'ai commencé à bosser, je ne comprenais rien à ce que mes collègues racontaient. Il m'a fallu des mois pour m'apercevoir que c'était normal et des années pour réaliser que cette langue était en train de devenir le dialecte mondial[1]. Partout, on initie, on implémente, on impulse, on positionne, on briefe, on débriefe, on reporte, on manage, on yield-manage, on décline, on optimise, on relance, on valide, on finalise, etc. Tout cela, dans le cadre de contrats d'objectifs, de comités de pilotage et de plans stratégiques. Bien sûr, pour le supplément de sens, rajoutez un soupçon de vision, d'engagement, de mission.

Vous trufferez vos propos d'anglicismes. Singez les Américains, ces rois du capitalisme, même si le bla-bla

1. Autant de bla-bla creux dans un monde qui porte aux nues la communication ne semble étonner personne… Au XXe siècle, les Soviétiques et les nazis ont ouvert le bal de la bêtise jargonnante, et il faut croire que cela laisse des traces. Ces régimes ont été vaincus par les merveilleuses forces de la liberté, mais ils nous ont peut-être refilé la mauvaise graine de la langue de bois. Parfois, on se demande même si la bête immonde ne serait pas, par hasard, encore vivante quelque part, dans une niche *open space*.

corporate n'a qu'un rapport assez lointain avec le français (et l'anglais) tel qu'on l'apprend à l'école. Dire : « Je te donne mon *yes* », « On va relever le *challenge* du *BtoB* et du *m-adverstising* », « Avec un projet *no way* comme celui-ci on va passer pour des Mickeys », « J'ai *forwardé* le *draft* »... Ne pas avoir peur des mots *downsizing* (diminution des effectifs), *reengenering* (rationalisation). Mettez la gomme : « En termes de *benchmarking*, il va falloir gérer *asap* en *one to one* le *reporting* du process à implémenter. Je vous laisse compléter votre *to-do-list* du back-up à débriefer avant votre *day off.* »

Ce charabia vous servira partout. Le parlé de l'entreprise a infiltré la langue politique et le jargon technocratique. En une vingtaine d'années, tout le monde a dû s'y mettre, les gestionnaires de la santé, les éducateurs, les fonctionnaires, les chômeurs. Les projets déclinés en axes, les interfaces, les plates-formes transversales, ont tout envahi. De nouveaux métiers sont apparus, calqués sur la terminologie du business, par exemple la coordinatrice petite enfance, qui aiguille les familles vers les structures existantes et facilite le décloisonnement entre les différents services d'accueil. Les associations aussi se sont mises à parler processus, audit, *reporting*, comme si cette phraséologie les lavait de tout soupçon d'amateurisme.

Certains mots vous permettront d'être dans le vent, sinon du progrès, du moins de la climatisation de votre bureau. La modernisation jongle avec la motivation, l'autonomie, l'évaluation, le projet, la flexibilité, la rationalisation, la gouvernance, le dialogue social, le capital humain, l'attractivité... Les néologismes à la mode sont indispensables. Bourrer vos phrases de technosciences, nanotechnologies, bioéthique, flexisécurité, écocapitalisme, écocide et autres biogaz…

Vous adopterez le parlé faussement informel qui va bien. Les bureaux *open space* résonnent de phrases mâchonnées et débraillées. S'exprimer de manière jeune, cool, voire un peu négligée, c'est agir – alors que faire de longues phrases, se perdre en inutiles circonlocutions, en tirades ciselées ornées d'adjectifs choisis, c'est tourner autour du pot. Les approximations langagières constituent autant de marchepieds pour ceux qui font preuve de *leadership*, ceux qui tranchent dans le vif et vont au fond des choses. Dire : « Il faut mettre le paquet ! Va falloir se *booster* ! On va les déchirer ! Putain, on va leur montrer ce qu'on a entre les cuisses ! Le client, il faut le violer ! On y *go* ! »

En revanche, le jargon des *hedge funds* est un peu passé de mode. Dans les années 2000, les dirigeants de ces fonds d'investissement spéculatifs – plus jeunes, plus performants et surtout plus riches que leurs cousins banquiers d'affaires ou traders – posaient en nouveaux maîtres de l'univers. Ces *wonderboys* de la finance faisaient alors les gros titres des journaux anglo-saxons en raison de leurs revenus stratosphériques et de leurs frasques d'enfants gâtés. S'enrichir, c'était facile : les capacités de *leverage* des futures permettaient un méga-jackpot à la date du *settlement*, à condition de se *hedger* pour être un peu *secure*. Ne comptez pas sur moi pour une traduction ; si j'ai bien compris, c'est sur le concept du *long/short* que les *hedge funds* se sont scratchés grave. Mais on n'en a probablement pas fini avec ces fonds au label 100 % enfumage.

9

L'homme caoutchouc

Parler ne suffit pas, il faudra soigner l'être, ou du moins l'apparence de l'être. Vous serez, naturellement, autonome. Votre autonomie fera l'objet d'une attention soutenue de la part de votre n +1 lors de votre entretien d'évaluation annuel. Vous y mettrez en valeur vos initiatives et vos idées, du moins toutes celles qui vous ont été soufflées par votre organisation. Car l'autonomie signifie se comporter de manière à répondre à l'attente du système. Elle signifie en fait : « Débrouillez-vous pour faire ce qu'on attend de vous. »

Il faudra aussi vous montrer flexible. Et répéter : « Je prends acte des évolutions et j'essaie de m'y adapter au mieux. » Ne soyez pas replié sur vous-même, il faut aller au-devant du grand rendez-vous de l'avenir. Même pour postuler à des emplois de technicien de surface (femme de ménage) ou d'assistante maternelle (nounou), vous devrez jongler avec les termes « saisir les opportunités », « s'adapter au changement ». Devenez ce merveilleux homme caoutchouc, ce personnage élastique et malléable – auquel ne sera laissée la qualité d'individu que comme prix de consolation, et ce à titre purement symbolique. Culbuto, ce sera vous.

Bougez ! Ouvrez vos horizons, multipliez les expériences, jonglez avec un futur fait de promotions, d'avancements, d'occasions à saisir. Vous vous mouvez sur l'aile du temps et des possibles, avec vous les choses avancent, elles s'améliorent furieusement de jour en jour. Vous prétendrez rebattre les cartes en permanence avec l'enthousiasme des néophytes et le zèle des parvenus. Vous prendrez exemple sur le Britannique Leon Brittan, qui a été, successivement ou en même temps, député, ministre, commissaire européen, vice-président d'UBS Warburg, administrateur d'Unilever, conseiller de la banque Morgan Stanley Dean Witter, et bien d'autres choses encore. Que fait-il à présent ? Toujours la même chose, maître du monde. En revanche, le Belge Karel Van Miert, député, président du Parti socialiste flamand, commissaire européen, membre de plusieurs conseils d'administration, a mal fini : il est mort en tombant d'une échelle alors qu'il jardinait. On en conviendra, c'est un dernier voyage ras les pâquerettes.

La mobilité est un défi. Vous êtes marié avec votre emploi, avec votre vie, avec votre adresse ? Vous capitalisez vos RTT, vous planifiez vos sorties en fonction du catalogue loisirs du comité d'entreprise ? Oubliez tout cela, cela n'intéresse que les petites gens sans perspectives, les résignés, les mollassons. Ils ne prennent pas la bonne voie, car en faisant du surplace la réalité s'accroche à eux comme une sangsue, les voilà plus ou moins obligés de répondre de leurs promesses. Alors qu'en bougeant on peut biaiser : vous dites une phrase à quelqu'un et, hop, deux heures après vous êtes loin, ce que vous avez dit ne vous engage pas. Passer le mur du son, c'est tellement pratique ! Voilà pourquoi ceux qui nous dirigent s'inscrivent toujours dans le mouvement.

C'est aussi que tout va très vite. Le raz de marée perpétuel de nouveautés vous enveloppe. Les nouvelles technologies et ses multiples tentacules vous emportent vers un avenir de plus en plus bref, opérant en termes de nanosecondes – un nanoavenir. Il conviendra d'être rapide pour être là où il faut au bon moment. Ultrarapide pour saisir les occasions, comme le dernier appareil photo Nikon, qui immortalise le cliché avant même que vous ayez appuyé sur le viseur. La lenteur est l'apanage des *losers*, des limaces… Et des gros qui bloquent les escaliers mécaniques dans le métro, les grands magasins ou les aéroports. Que le diable les emporte, et le plus vite sera le mieux ! Vous les éjecterez de votre chemin grâce à un habile moulinet de votre attaché-case à roulettes.

C'est fâcheux, vos déplacements occasionneront de coupables nuages de monoxyde de carbone et d'azote. N'y songez pas trop. Peu importe si les transports sont responsables d'un quart des émissions de CO_2 sur terre, si le changement perpétuel n'est pas très durable. Vous déménagerez, vous vous sentirez pleinement citoyen du monde. Aujourd'hui à Milan, demain à Londres, après-demain à Vancouver. Ça, bien sûr, c'est pour l'employé d'un certain niveau, bref le cadre supérieur. Pour le salarié moyen, les possibilités géographiques sont plus restreintes : Brest, Paris, Bordeaux. Pour le précaire, c'est pire encore : Villeneuve-saint-Georges, la Défense, Clamart, bref la banlieue de Paris – comme elle est vaste. Même les SDF doivent être mobiles, car les rues des villes se sont progressivement vidées de leurs bancs publics. L'inconfort du mobilier urbain n'est pas une erreur : il décourage la station et favorise la fluidité. Flirter dans la rue, paresser, mendier, peut-être ? Circulez, du balai !

Un de mes chefs m'a dit un jour sur le ton du reproche : « Tu n'es pas très flexible », car j'avais refusé un emploi inintéressant basé à cent kilomètres de chez moi. Une grave erreur, qui a plombé une carrière déjà mal partie. Bouger tous les trois ans pose de multiples problèmes d'intendance, mais vous prétendrez aimer faire les cartons, remplir des formulaires administratifs, patienter au téléphone pour obtenir l'eau ou le gaz. Quant aux sans-grade, aux petites mains de l'économie, aux supplétifs de la croissance, tant pis si la mobilité signifie, pour eux, la précarité. Ce sont les laissés-pour-compte de la chaise musicale. Les *mutés* de Panurge.

10

Le mannequin-vedette des open spaces

Autonome et flexible, vous avez en main des atouts décisifs pour décrocher un boulot. Vous bidonnerez un peu votre parcours afin de le rendre plus attractif. Un diplôme en plus, une année de chômage habilement camouflée, des responsabilités un peu étoffées et, bien sûr, la maîtrise courante de l'anglais (personne ne viendra vérifier, du moins pas au stade de l'entretien d'embauche). Valoriser votre profil est essentiel. Vous enjoliverez, lisserez, gonflerez votre CV. Près de la moitié contient des informations fausses. Non, vous n'étiez pas chef de projet junior, mais véritable chef de projet. Non, votre budget n'était pas de 50 000 euros, mais de 500 000 euros. Vous n'étiez pas une simple assistante de direction, mais le bras droit de votre patron. Une fois votre employabilité maquillée comme une voiture volée, vous n'en serez que plus *bankable*.

Pendant ce temps, vous prétendrez croire aux engagements de votre employeur, qui vous fait miroiter un parcours plein d'avenir : « Valorisez votre potentiel ! Intégrez une équipe dynamique ! Venez prendre votre place dans un monde qui bouge ! Faites fructifier votre talent ! La réussite, ça se partage ! Apprenez à vous connaître !

Vivez selon vos valeurs ! » On vous promet monts et merveilles, des perspectives enrichissantes, des évolutions à l'international, des challenges permanents, et vous feindrez d'avaler ces couleuvres. Vous éviterez de parler de choses concrètes, ne demandez pas : « Où est située la cantine ? », « Quel est le montant des chèques vacances ? », « Quelle est la politique de la boîte pour les ponts du mois de mai ? » C'est un peu trivial et les organisations n'apprécient pas qu'on s'abaisse à de pareilles considérations terre à terre.

Vous voilà embauché ? Cela prouve que vous êtes authentique dans le mensonge. Il va falloir continuer à feindre. Écriez-vous : « Vive l'entreprise, ce lieu de l'être-ensemble et du faire-en-commun ! Ah le *team building* ! L'intelligence collective ! L'innovation collaborative ! » Faites corps, dites « nous ». Vous faites mine de vous réjouir de participer à une grande aventure économique, sur fond de bouleversement technologique et de mondialisation des échanges. Pour un peu, vous composeriez une ode au *Business unit*, un sonnet au *Supply chain management*, un cantique au *Free cash flow*, une barcarolle au *Return on investment* (le ROI, qui en effet est roi). Votre boîte est une formidable aventure humaine, et non une prison sans barreau où vous marchez au pas par peur du chômage.

Pour être dans le coup, vous adopterez la couleur du papier peint. Vous épouserez l'ennui et les rituels. Vous servirez de miroir aux gens qui vous entourent. Kim Philby, mythique espion britannique à la solde de l'Union soviétique, sera secrètement votre idole. Avec son look très « bonne société », il passait totalement inaperçu à son bureau des Renseignements anglais. Il s'était infiltré dans le système et l'exploitait pour renseigner les communistes. Sa trajectoire prouve que des imposteurs goguenards peuvent jouir très longtemps d'une impunité totale. Non, trahir son pays n'est pas scandaleux : le concept même de nation n'est-il pas complètement démodé ?

Vous devrez être présent, ultra-présent. Car l'entreprise a horreur des absents (qui, selon la formule consacrée, ont toujours tort). De même, l'armée pourchasse les déserteurs et la démocratie déteste les abstentionnistes. Vous vous activerez dans votre bureau *open space*. Tout le monde vous regarde – plus exactement tout le monde peut vous regarder, un peu comme dans les petits villages où les habitants s'observent à travers les persiennes. Plus question de somnoler sur sa chaise, de nettoyer son nez ou de passer des coups de fils langoureux. La transparence, née de la traduction du mot russe *glasnost*, est le cadeau empoisonné que nous a laissé Mikhail Gorbatchev, liquidateur de l'URSS, en sombrant avec armes et bagages Vuitton à la main.

Vous soignerez votre communication non verbale, c'est-à-dire tous les signaux que dégage votre enveloppe charnelle : ceux-ci doivent être performants, optimistes. Savez-vous que 55 % des messages captés par votre interlocuteur sont directement liés à votre gestuelle ? Souriez, puisque vous êtes content d'être là. Tenez-vous droit, évitez de bâiller le premier. Votre démarche est volontaire, un bras en avant, épaules et buste en avant ; vous marquez votre sincérité en montrant les paumes de vos mains et en ouvrant vos avant-bras. Les mains sur les hanches, façon cow-boy, signent votre autorité. Évitez de vous gratter le crâne ou de mettre trop souvent votre main derrière votre tête, c'est signe de perplexité, d'hésitation.

Le mytho-man au travail

C'est à grands pas décidés que vous parcourrez la distance entre l'ascenseur et la photocopieuse, la machine à café et l'imprimante ou la salle de réunion. Vous vous promènerez avec des dossiers sous le bras ; vous passerez un temps considérable à préparer des *slides* pour vos présentations PowerPoint, à écrire des notes en jargon. Vous laisserez toujours sonner trois fois le téléphone avant de répondre pour montrer que vous êtes occupé. Vous ne direz jamais : « Je n'ai pas le temps », mais répéterez souvent : « Je reviens vers vous dès que possible », une phrase qui allie urgence et imprécision. Autant de tactiques payantes : un camarade les a adoptées avec succès puisqu'il est devenu rapidement chef de projet, puis chef tout court. Il ne sort plus avec ses anciens copains, ses ailes de géant l'empêchent de marcher.

11

Le bureautier qui en veut

Déguisé en salarié dynamique, préparez-vous à refiler de la fausse monnaie à votre n +1. Qu'attend-on de vous ? Vous ne comprenez pas bien le descriptif de votre poste, rédigé dans une langue byzantine ? Ne vous inquiétez pas, vous allez faire face, vous allez gérer la situation. Dites-vous bien qu'il n'est pas besoin d'être un super-cerveau pour piloter le *reporting* pour l'Europe du Nord, division surgelés. Pas besoin d'un QI de 140 pour être responsable E-Business chez Cap-Cefini. En réalité, la plupart des boulots sont à la portée du premier venu. Aussi, l'entreprise se méfie-t-elle de l'intelligence : ceux qui ont des nœuds au cerveau ne servent qu'à accoucher d'usines à gaz. La firme veut des impliqués, pas des compliqués.

Impliqué, vous l'êtes. Oui, vous êtes capable de résoudre tous les problèmes. Véritable force de propositions, vous lancerez à tout-va et à qui veut des concepts, des dynamiques. Vous jonglerez avec des démarches pilotes et des programmes innovants impliquant des dispositifs et des structures. Vous étayerez vos propos par des grandes tendances et des estimations fines extrapolées à la louche et rassemblées dans de savants tableaux de bord. Vous évoquerez avec conviction les fondamentaux, sans jamais les définir. Ne pas dire : les « fondements », qui évoquent l'arrière-train, et les « bases », qui sonnent un peu trop syndical.

Vous mettrez en avant votre créativité. Il y a en vous un génie inventif qui ne demande qu'à s'exprimer : cela fait partie de votre portefeuille de compétences. Prenez le problème à l'endroit ! À l'envers ! Ne cessez jamais d'itérer ! Renouvelez votre regard ! Ayez des idées ! Surprenez-vous ! *Think out of the box* ! Pas de malentendu, la créativité n'est pas la capacité de créer. Elle est encore moins l'originalité, dans un monde où toute singularité a été gommée, effacée, rabotée. Non, la créativité, c'est le magique petit plus, l'insaisissable valeur ajoutée susceptible d'augmenter la performance économique de votre entreprise. Prétendez en avoir en stock dans la poche de votre costume.

Pour la faire reluire, vous déploierez votre force d'autopromotion. L'un de mes chefs m'a dit un jour : « Tu ne sais pas te vendre, ça nuit à ta carrière. » Comme il avait raison ! Prenez plutôt exemple sur Bill Gates, l'homme le plus riche du monde. Il n'a rien inventé, n'a aucun talent particulier, à part celui de super-vendeur et de super-prédateur. Comment sa boîte, Microsoft, est-elle devenue numéro un mondial du logiciel ? En rachetant un système d'exploitation à une petite boîte informatique et en le revendant à IBM, qui a eu la bêtise de lui accorder le droit de licencier sa camelote à d'autres fabricants d'ordinateurs. Gates, cela veut dire « portes », eh oui, il faut savoir les ouvrir.

Vos dents rayent le parquet – cela ne se voit pas, car le plus souvent les sols des bureaux sont recouverts de moquette. Vous parlerez toujours de vous-même et de votre travail avec assurance et emphase. Et vous guetterez l'heure où vous pourrez enfin vous mettre en avant. Ce qui compte, c'est d'être au bon endroit au bon moment. Pour cela, vous passerez du temps au travail – pas pour travailler, mais au cas où il se passerait quelque chose. Et si c'est le cas, soyez prêt à vendre avec un aplomb imperturbable : 1) Ce que vous n'avez pas encore fait, 2) Ce que vous ne ferez jamais, 3) Ce que d'autres ont fait ou vont faire. Bref, non seulement vous vendrez la peau de l'ours avant de l'avoir tué, mais vous la vendrez avec d'autant plus de pugnacité qu'il a disparu de nos forêts.

Vous flatterez vos chefs, ils vous donneront un jour un coup de pouce : un *deal win-win.* Il faudra vous choisir un protecteur, un supérieur dans la hiérarchie qui pourra vous aider à vous élever. Vous prendrez un air admiratif dès qu'il ouvre la bouche, et reprendrez sans cesse ses mots comme s'ils étaient parole d'évangile : « Comme l'écrit Robert Frolich, notre chef de département, dans sa note de tendance du mois dernier… », « Luc Philippe, notre chef de groupe, nous a montré la voie lors de la réunion du 10 juillet »… Et, dzoing dzoing, vous rebondirez systématiquement sur leurs propos, afin de souligner leur importance.

Si vous restez tard le soir, n'oubliez pas d'envoyer un e-mail « pour info » à vos chefs, afin qu'ils constatent que vous ne comptez pas vos heures. Sollicitez régulièrement des tête-à-tête avec vos responsables pour recueillir, la bouche en cœur, leurs conseils avisés. Débrouillez-vous pour manger le plus souvent possible avec eux ou près d'eux, à la cantine. Pratiquer un *name-dropping* dégagé, en citant les noms de gens importants dans la boîte, même si vous ne leur avez jamais adressé la parole : « L'autre jour, j'ai justement eu une discussion à ce sujet avec

Colette Newiner... » « Ah oui, Rodolphe Toiroux ? Bien sûr ! Je l'ai justement croisé au CHTI. »

Vous devrez vous imposer dans les réunions. Elles sont autant de champs de manœuvre où il est conseillé de jouer serré. D'abord, pour montrer que vous existez, vous occuperez le temps de parole le plus long possible. Même si vous n'avez rien à dire, exprimez-vous. L'enjeu est votre visibilité. À l'ère de la communication totale, du dialogue enfin rétabli entre les individus, du culte du contact, de l'interactivité, il s'agit d'envoyer aux autres des signaux forts de votre existence. Vous parlerez avec enthousiasme, élucubrerez sur l'art de transformer un mammouth sclérosé en *raider* sans scrupule, sur la manière de convertir à la vente *online* les enseignes de *retail* laminées par la concurrence des *pure players*. Vous chanterez l'épopée du marché mondialisé, proférerez tranquillement les rituels rebelles : « Les frontières, on s'en fout ! »

Sans passions ni préjugés, vous nimberez vos paroles d'une aura de détachement toute scientifique. Le gestionnaire-manager manipule des symboles au rang desquels les chiffres occupent une place importante. L'entreprise en produit d'énormes quantités : clôture trimestrielle des comptes, *reporting* mensuel, analyse des résultats... Utiliser des termes empruntés aux mathématiques donne une impression de rationalité et d'efficacité : « Faisons l'hypothèse d'un marché ouvert où s'affronte une pluralité d'acteurs. Puisque ce sont des opérateurs isomorphes, *ipso facto*, leurs trajectoires convergent. Leur profit tend vers zéro. Bien sûr, il existe des cas pathologiques qui perturbent ce processus stochastique. Mais, globalement, le marché, c'est un truc trivial. »

12

Laisser les autres aller au charbon

Le travail, c'est la santé, à condition de se ménager. Il n'y a que deux catégories de salariés : 1) Les besogneux qui viennent à bout de leur travail et, parfois, de celui des autres ; 2) Les paresseux qui en font le moins possible. Vous cocherez l'item 2. Il ne faut pas que cela se sache, mais vous êtes de ceux qui préfèrent se tourner les pouces à heure fixe dans un bureau. Il y a un siècle, l'économiste Vilfredo Pareto a théorisé la règle 80-20 de la vie sociale. De même que 80 % des profits sont engendrés par 20 % des employés, 80 % du labeur est effectué par 20 % de la force de travail. Votre objectif : surtout, ne pas faire partie de ces 20 % qui suent sous le burnous.

Comment faire pour rejoindre la vaste confrérie des glandouilleurs ? Vous repérerez les poches de décontraction cachées dans les replis de votre organisation afin d'y postuler dare-dare. Le fin du fin, c'est une planque reposante qui peut servir de tremplin à l'avenir que vous méritez bien. Cela exige, bien sûr, du flair, pour savoir dans quels services on pratique le plus la paresse « en temps masqué », comme le disait l'un de mes collègues qui s'y connaissait. Super-glandeur, ce sera vous.

Vous ressemblerez à Dilbert, le performant parasite du

tertiaire inventé par Scott Adams. Miser sur la communication est autrement plus efficace que ramer dans la soute. Un milligramme de représentation vaut une livre d'accomplissement. Il en est de même dans d'autres sphères ; un homme politique doit-il œuvrer au bien public ? Soigner son image est incomparablement plus malin. Les opinions passent, les chantiers se succèdent, les hommes restent. Du moins, ceux qui ont réussi à se mettre en avant.

Vous apprendrez à déléguer, afin que le boulot soit effectué par ceux qui sont à n – 1. Qui, eux-mêmes, tenteront de reporter le taf sur leur(s) n – 1 à eux, c'est de bonne guerre. Finalement, en bout de chaîne, ce sont des stagiaires, des temporaires, des sous-traitants, parfois même des étudiants, qui feront le travail. Damian Hirst, l'artiste le plus cher du monde, recourt à des assistants pour exécuter ses œuvres. Se retrousser les manches sans toucher à rien est beaucoup plus élégant que de mouiller le maillot, sans parler de se salir les mains.

Ne jamais remettre à demain ce que vous pouvez faire dans six mois. Atteindre des seuils, remplir des quotas, c'est bien, mais il faut choisir le bon moment pour fournir vos efforts. Bien sûr, les projets que vous piloterez, le vent que vous brasserez, feront l'objet de présentations avec *slides* en langage PowerPoint. Vous ne craindrez ni les évaluations, ni les validations. Vous vous plierez avec bonne grâce à ces rituels chronophages. Pendant ce temps-là, vous ne travaillerez pas – enfin, plus exactement, vous travaillerez à ressembler à un évalué modèle.

Pour les préparer, vous fournirez des données objectivables, quitte à les trafiquer un peu. Il est facile de passer à travers les mailles du filet, il vous suffira d'améliorer les résultats apparents sans améliorer le moins du monde la réalité. C'est ce qu'illustre la « technique du salami » : un manager crée un indicateur de performance fondé sur le nombre de tranches de saucisson qui sortent chaque jour de son usine. Les salariés, plutôt que de produire davantage, découpent des tranches de plus en plus fines. Et voilà, grâce à un *check* rapide, tout le monde peut constater que les *timesheets* sont renseignés heure par heure, que le *rate*[1] est bon, le *gap* rattrapé, les *deadlines* tenues. Et tout le monde est content, le manager comme les employés.

Vous avez peur d'être démasqué ? En vous y prenant bien, vous ne courrez aucun risque. Vos collègues, vos chefs, tous les tâcherons qui vous entourent font de même. Ils obéissent en traînant des pieds – tout en maudissant intérieurement le mammouth ingrat qui les emploie. Vous serez entouré de pleutres qui n'oseront pas vous sanctionner, car ce serait : 1) Avouer qu'ils ne savent pas vous encadrer, 2) Compromettre toute possibilité de se débarrasser de vous par un changement de poste, 3) Rendre public le fait que beaucoup d'employés se tournent les pouces. Motus et bouche cousue sur ce *dirty secret* des organisations.

1. Rapport entre le nombre de jours/hommes vendus et le nombre de jours/hommes consommés pour la réalisation du projet.

13

Danser le moonwalk

Vous avez réussi à vous planquer, bravo. Mais vous devrez donner l'apparence de celui qui veut que ça bouge. Vous enfilerez hypocritement le masque de l'acteur volontariste du changement. Vous affirmerez : « Les choses seront pires, pour tous, si nous ne l'accompagnons pas – si nous ne voulons pas que ça bouge, dès maintenant. » La réforme, voilà un domaine dans lequel il convient d'être déterminé, votre engagement sera donc sans faille. Vous prétendrez lever les tabous, soulever le rocher du conformisme. Vous déplorerez bruyamment toutes les contraintes extérieures qui limitent la marge de manœuvre face aux évolutions et aux mutations en cours. Vous n'aurez, en fait, pas d'autre choix que d'épouser les tendances dégagées par les experts et de suivre les évolutions désignées par les décideurs.

Break the mold, casser le moule, est un slogan souvent entendu. Qu'il s'agisse d'élaborer un banal manuel d'assurance qualité, de migrer de la tour N vers la tour Delta, n'a de mérite que ce qui se présente comme dépassement, comme violation de quelque frontière, comme audace. Il est nécessaire de défier les archaïsmes afin d'insuffler les réformes nécessaires. Vous ne serez pas dupe, les révoltés de profession sont trop nombreux pour être honnêtes ; on ne compte plus les hauts fonctionnaires anticonformistes et les patrons subversifs.

Mais, dans votre for intérieur, vous vous méfierez du changement comme de la peste. Il pourrait impacter négativement vos plans de carrière. Il faut que rien ne change pour que tout reste pareil : on sait ce qu'on perd, on ne sait pas ce qu'on trouve. La boîte qui vous emploie annoncera des réformes ? Il n'en existe en fait que deux sortes ; 1) On change tout, mais en fait tout reste pareil ; 2) On recommence, mais en pire. La réforme de type 2 est une menace, vous vous mobiliserez pour la saborder en douce. Heureusement, vos collègues sont nombreux à être aussi révoltés que des soldats nord-coréens. Vous serez d'accord avec eux sur un point essentiel : plus c'est pareil, plus ça va bien. Adopter le *moonwalk*, ce mouvement de danse où l'on se déplace à reculons tout en créant l'illusion, par ses mouvements corporels, qu'on est en train de marcher vers l'avant.

Le neuf à l'état brut n'est, en fait, soluble ni dans les entreprises ni dans les organisations. Ce sont autant de machines lourdingues engluées dans la routine. Aussi, il vaudra mieux : 1) Attendre que tout le monde ait digéré la nouveauté pour être sûr qu'elle soit soluble dans le capitalisme. La carrière du peintre Monnet est une leçon de commerce : jadis ses peintures offensaient les gens, aujourd'hui elles sont reproduites sur les calendriers, les tasses et les balles de golf. 2) Piller les autres sans prendre de risques. Ainsi Steve Jobs, à ses débuts un hippie en lutte contre le matérialisme, a fait fortune en exploitant les idées de génie d'un ami, Steve Wozniak, qui voulait les offrir au monde gratuitement. La morale immorale de ces histoires : ce sont de purs intermédiaires qui gagnent le plus d'argent, pas ceux qui inventent quelque chose ou simplement la fabriquent.

Demain, les choses continueront comme avant, aux mains des imprécateurs salariés, des fonctionnaires de l'indignation, des mutins en chambre, des déviants institutionnels. Vous approuverez les propos des provocateurs en pantoufles sans vous mouiller et, surtout, sans les prendre au mot ni leur emboîter le pas. Vous ne voulez pas être pris en otage avec (ou sans) votre consentement. Si vous vous opposez à quelque chose, vous vous contenterez de manifester votre désaccord sur le principe : ce sont de pures fanfaronnades qui resteront sans suite ni conséquence. Mieux vaut monter sur ses petits chevaux que sur ses grands chevaux.

Plutôt que de faire exploser le cadre, il sera plus prudent de se plier en quatre pour s'y tapir. Surtout ne rien toucher, ne rien déranger, respecter les procédures, les programmes, les habitudes. Vous laisserez l'indignation aux retraités qui ne risquent plus leur emploi, comme Stéphane Hessel, 93 ans, auteur du pamphlet à succès *Indignez-vous*. Et aux laissés-pour-compte qui n'ont rien à perdre. Comme ces Indignés qui s'agitent, s'assemblent, distribuent des tracts et manifestent… Au fond, que veulent ces jeunes ? La même chose que vous : tout simplement une place sous le néon des bureaux *open space*.

14

Dans confiance, il y a con

Vous avez un poste envié, et vous avez confiance en votre potentiel comme en celui de votre entreprise. La confiance est un mot-clé que vous devrez utiliser le plus souvent possible. Oui, vous avez confiance ! Oui, ils ont confiance ! Oui, nous avons tous confiance ! Vos clients, vos collègues, vos chefs ont tous aux lèvres la confiance. C'est qu'elle permet le dialogue et conjure de regrettables déficits de communication. Vous n'hésiterez pas à vous lancer dans le verbiage le plus creux : « La confiance a un effet multiplicateur sur la confiance, qui agit comme levier accélérateur du consensus. » Son grand mérite, en fait, c'est qu'elle neutralise toute contradiction, toute contestation.

Susciter la confiance, c'est donner du sens. Il doit circuler tel un fluide magique. Le sens, c'est le juste, le propre, le respect, l'écologie. Cela tombe sous le sens, vos produits seront estampillés économie solidaire, vos prestations équitables, vos services éco-responsables ou éco-TIC, donc conformes aux normes de Haute Qualité Environnementale et à celles de développement soutenable. La multinationale Ikea, ce Wal-Mart du meuble, jure sur la tête de votre mère qu'elle est durable et que tous ses produits sont *über*-durables. Il faut le dire vite, car la plupart sont programmés pour être jetés à la poubelle au bout de quelques années seulement (parfois quelques jours si vous ne parvenez pas à les assembler correctement).

Ah, l'environnement, c'est si important. Mais, avec un travail et des enfants, vous n'avez raisonnablement pas le temps de vous préoccuper de votre bilan carbone. La forêt vierge qui se réduit comme peau de chagrin, les écosystèmes qui se délabrent ? C'est aux autres de sauver la planète ; s'ils ne font rien, l'Amazonie deviendra un désert, certains continents seront la proie des flammes, d'autres seront noyés sous les eaux, la banquise disparaîtra et les ours blancs avec elle. Les ours blancs… Comme ils sont mignons… Vous souvenez-vous de Knut, l'ours blanc né au zoo de Berlin en 2006, dont les photos ont fait le tour du monde ? Bientôt, ses congénères seront victimes du réchauffement climatique, ils n'auront plus rien à se mettre sous les pieds. Knut, où es-tu ?

Écolo à fond les manots, le bateau du commerce trace son chemin dans les remous du Bien. L'éthique lave plus blanc que la déontologie (desservie peut-être par le mot « honte » qui la hante comme un mauvais fantôme). Avec une couche d'éthique, c'est simple, on sait où on va : sous forme de codes de bonne conduite et de chartes, elle se voit recyclée dans des déclarations d'intention vertueuses qui n'engagent pas ceux qui les établissent tant elles sont faciles à contourner. En effet, plus on parle de quelque chose, moins il y en a, c'est le principe des salades postmodernes : dissoudre de beaux principes dans des cascades de boniments.

Quant aux réalités vraiment déplaisantes, elles sont purement et simplement escamotées. Vous qualifierez de non-événement tout ce qui est peu reluisant et non-conforme aux bons sentiments sirupeux. Des ouvriers chinois sous-payés qui bossent pour des grandes compagnies occidentales, tel le géant Apple ? Pas question de tolérer ce genre de pratiques dans votre boîte. Des paradis fiscaux comme ces îles de rêve où les 50 plus grandes entreprises européennes détiennent 4 700 filiales ? Jamais, pas de ça dans votre comptabilité. Des bricolages financiers et juridiques acrobatiques comme ceux qui se sont soldés par les scandales Enron ou Parmalat ? *No pasaran*. Des années de dissimulation vous donneront une sacrée légitimité pour retoucher la réalité à coups de peinture 100 % bla-bla.

15

Neutraliser vos ennemis

Jusqu'à présent, vous avez accompli un sans-faute. Votre trajectoire est ascendante, car vous êtes un hypocrite achevé, qui se meut avec la souplesse du tigre et la prudence du serpent. Vous resterez sur la défensive, à l'instar de Robert De Niro, le gangster sans foi ni loi de *Il était une fois en Amérique*. C'est que vous évoluez dans un environnement à risques ; vos collègues, ces *bureautiers* intrigants, passent leur temps à se tirer dans les pattes et à épuiser leur énergie en mini-Watergate. Vous êtes entouré de personnalités toxiques qui rêvent de vous faire passer un mauvais quart d'heure, soit parce qu'elles vous envient vos talents, soit parce que vous leur avez réservé un coup de Jarnac qu'elles n'ont pas digéré. Elles feront tout pour vous mettre des bâtons dans les roues et vous pousser vers le placard, si ce n'est vers la démission.

Vous vous munirez de votre stylo lance-torpilles. Les adeptes de la gentillesse, de la tolérance et de l'équité ne savent pas se faire respecter et ne vont pas bien haut dans la hiérarchie. Il n'y a que deux manières de gagner une course : 1) Courir plus vite que les autres ; 2) Empêcher les autres de la gagner. Vous cocherez l'item 2, moins fatigant que le 1. Vous serez un de ces tricheurs qui gagnent du terrain en lisière de file, sans se faire voir, pas à pas, en jouant discrètement des coudes. Vous ne travaillerez pas avec les autres, mais contre les autres. À la fin de chaque journée de travail, vous vous demanderez ce que vous avez fait pour dépasser et enfoncer vos collègues.

Explorer les poubelles et les entrailles de Facebook vous permettra d'en savoir plus sur eux. Vous pratiquerez sans tabou le droit d'ingérence. En vous sommeille non pas un Big Brother (vous n'avez pas encore les moyens d'être un dictateur omniscient), mais un *little brother* fouille-merde à l'affût de toute rumeur exploitable. Pourquoi croyez-vous que les journalistes du tabloïd *News of the World* ont été influents au point d'infiltrer le gratin de la société britannique ? Parce qu'ils savaient tout sur tout le monde. Les morts de peur filent doux, rasent les murs et se laissent piétiner. Vous abriterez vos manigances derrière de belles déclarations sur le respect dû aux autres.

Vous n'hésiterez pas à vous comporter comme un sale con. Une étude du *Wall Street Journal* affirme que les employés sympathiques gagnent des salaires sensiblement moins élevés que les désagréables. Bien sûr, être un sale con tout le temps n'est pas efficace, tout le monde risquerait de se liguer contre vous. Il sera plus malin de séduire et de faire peur en alternance. Le sarcasme réveille, le compliment apaise, ils forment donc un magnifique duo. Cajolerie, flatterie, persuasion, intimidation : Steve Jobs, patron d'Apple, était passé maître dans l'art de la manipulation. Les anecdotes sont légion sur ses coups de colère, sur les employés licenciés sans réel motif, les cas de harcèlement moral, les remarques désagréables et les épreuves qu'il infligeait aux nouvelles recrues.

Il faut savoir qu'une attitude désagréable est moins bien acceptée d'une femme que d'un homme. Un homme qui se met en colère est considéré comme ayant du caractère, tandis qu'une femme exprimant bruyamment son désaccord sera qualifiée d'hystérique. Le niveau auquel les femmes peuvent s'autoriser à être déplaisantes est donc plus faible. Lectrice, vous modérerez vos coups de sang et vos agressions frontales ; pratiquez plutôt le dénigrement subtil, les micro-attaques et les coups fourrés en tout genre. Je sais d'expérience que les femmes ont toutes les compétences pour se comporter comme des sales connes : j'ai été licenciée de la multinationale qui m'employait par l'une d'entre elles.

Cela va de soi, vous vous abstiendrez de faire la courte échelle à des sales cons certifiés. Les décidés, les cyniques, les prêts à tout sont vos ennemis – mais vous les affronterez à armes hypocrites égales après la lecture de ce livre. Ce sont eux qui, si vous n'y prenez pas garde, vous piqueront votre place, vous refileront tout le travail, vous évinceront en catimini avec force chausse-trappes et croche-pieds. Les pires sont les mégalos, ceux dont l'ego a la même surface que l'inefficacité. Vous allez forcément les croiser sur le boulevard de l'Enflure.

En revanche, vous vous montrerez indulgent avec les crétins, ils pourront servir vos plans de carrière. Les perroquets incolores, crédules, zélés et consentants ont servi sans arrière-pensée, au fil de l'Histoire, l'Empire romain, Charlemagne, les ducs de Bourgogne, Napoléon, etc. Ces gens, s'ils méritent votre discret mépris, ne sont pas dangereux, il vous sera facile de leur passer devant le moment venu. Oui, les médiocres sont utiles ; Ringo Starr, le gentil Beatle, n'était pas très beau, ne savait pas chanter, et était un batteur moyen. Pourquoi les Beatles ne l'ont-ils pas remplacé ? Parce qu'il faut toujours un bon gars pour jouer le rôle de cinquième roue du carrosse.

Évidemment, se servir des autres comme autant de Playmobil est moralement discutable. Mais, rassurez-vous, aucune justice immanente ne viendra punir les méchants et récompenser les purs. Le scandale des *subprimes*, ces crédits moisis, en est la preuve. Que s'est-il passé ? Des joueurs sans scrupule ont parié avec de l'argent qui ne leur appartenait pas, tandis que des petits malins vendaient des produits financiers pourris à la planète entière. La bulle a éclaté en 2008, avec l'effondrement brutal du système financier – c'est un détail. Car ceux qui se sont phénoménalement enrichis sont, pour la plupart, toujours aussi riches. Finalement, c'est le plus fourbe et le plus mal intentionné qui l'emporte. Malheur aux vaincus, bonheur aux faux-culs.

16

L'art de botter en touche

Jouer franc jeu ? Jamais, vous n'êtes pas fou. Affronter le monde bille en tête, foncer droit devant constituent autant d'erreurs fatales que vous risquez de payer très cher. Vous devez savoir noyer le poisson en toutes circonstances. Comment faire ? Voici un cas concret. Imaginons que votre chef vous demande des comptes sur un projet qui se présente mal. Vous parlerez pour éviter de répondre, en cultivant le bon sens comme la fausse évidence : « Chacun sait que le marché indonésien étant ce qu'il est… » Multiplier les références au passé, réel ou imaginaire : « Comme il avait été convenu… » User et abuser du verbe rebondir : « Je rebondis sur ce que vous venez de dire… » Hop, un petit coup de trampoline.

C'est manifeste, votre interlocuteur, qui insiste, cherche à vous déstabiliser. Vous respirerez fort et direz : « Je comprends le sens de votre question. Je vais reformuler afin d'être plus clair. » Sous couvert de recadrer le débat, vous gagnez du temps. Énoncer : « Tout d'abord » donne l'illusion qu'un raisonnement va suivre, mais il n'y aura pas d'ensuite. Vous remettrez votre ennemi à sa place : « Votre point de vue est peut-être un peu réducteur. Il est possible que vous n'ayez pas toutes les données du problème en tête. » Vous le jouerez cool et maître de vous : 1) Si vous êtes un homme, parlez d'une voix grave, posée ; 2) Si vous êtes une femme, adoptez une expression du visage autoritaire, adoucie par une gestuelle moelleuse.

Ouille, ouille, ouille, vous voilà sur le grill. Vous n'hésiterez pas à vous lancer dans un verbiage sans queue ni tête afin de semer la confusion. Un Jacques Chirac alors jeune ministre, interrogé sur le chômage à Toulouse, est source d'inspiration : « À s'en tenir aux chiffres et en matière d'emploi, naturellement, la situation pourrait paraître achever de s'améliorer dans la région de Toulouse. S'améliorer dans la mesure où ces derniers mois enregistrent, en matière de demandes d'emploi, une diminution du nombre de ces demandes, et en matière d'offres d'emploi une augmentation de ces offres, et ceci traduit une tendance qui est la même à l'échelon de l'ensemble de la nation. » Un magnifique exercice de camouflage !

Maintenant, imaginons que le projet qu'on vous a confié ait sombré dans un océan manifeste d'incapacités, d'incompétences, de gaspillage. Vous avez échoué. Vous resterez serein. Pas d'excuses ni de bafouillages. Candide, parmi des ruines fumantes où rôdent chacals et vautours, vous répéterez : « Je ne croyais pas, je n'imaginais pas, je ne prévoyais pas, je ne m'y attendais pas. » Vous camouflerez vos Vietnam personnels derrière des paravents de bonnes intentions. Comme les pénitents de jadis, qui pensaient échapper à l'enfer pourvu que leur cœur ait été pur, répandez-vous en bavardages sur votre bon vouloir. Vous maîtriserez non pas seulement la fuite en avant, mais la fuite en profondeur. Vous êtes immaculé, vous dormez sans somnifère la nuit. Imitez Tony Blair, ancien Premier ministre britannique, qui n'éprouve aucun regret pour ses 179 soldats morts en Irak aux côtés des Américains.

Pour vous dédouaner, vous glisserez une petite phrase sur les impondérables, sur les estimations erronées, sur les défaillances de certains acteurs de la chaîne. Vous êtes innocent de la réalité, vous rejetez la faute sur les autres. À l'équipe en place, aux structures, à l'organisation, aux réglementations d'assumer leurs responsabilités. « Avec le recul, il est évident que les normes de transparence auraient dû être meilleures », affirmait naguère E. Gerald Corrigan, l'un des patrons de la banque Goldman Sachs, invité à rendre des comptes devant le Parlement européen. Vous, vous n'avez fait qu'obéir à des puissances haut placées : « Je n'ai fait que… », « J'ai juste dit… » Vous multiplierez les doubles négations : « Vous n'êtes pas sans savoir que je ne suis pas homme/femme à ne pas reconnaître mes torts. » Triple salto réussi !

De toute façon, vous ne risquez pas grand-chose ; pensez à ces journalistes qui ont inventé les faux charniers de Timisoara en Roumanie ou à ceux qui ont répandu des mensonges sur les exécutions de masse au Kosovo : que leur est-il arrivé ? Rien, ces Messieurs Info-intox ont poursuivi leur petit bonhomme de chemin dans la grille d'avancement de leur chaîne de télé. L'adage affirme qu'on ne change pas une équipe qui gagne, mais on ne change pas non plus une équipe qui perd. On met fin à sa mission, on redispatche ses membres dans d'autres équipes. Et la vie continue. L'erreur, après tout, est le propre de l'homme. L'enfumage aussi.

17

Mener à la baguette vos inférieurs

Pas de doute, la duplicité paie, elle rémunère même au centuple. À force de semblants, vous voilà devenu chef. Vous serez très à l'aise, vous avez observé vos supérieurs ; plus immoraux ils sont, plus insoupçonnables ils doivent paraître. Ainsi, ceux qui les imitent ont-ils à cœur de reproduire ce qu'ils simulent. Vous endosserez donc le masque de celui qui a la capacité d'inspirer les autres, de créer de la confiance autour de lui, de faire preuve d'empathie, bref, de faire grandir son équipe.

Bien entendu, vous aurez perdu depuis longtemps vos illusions, et vous n'aurez pas la naïveté de vouloir changer les choses. Ce sont les structures qui façonnent les hommes, pas le contraire. On a vu de jeunes salariés idéalistes devenir des chefs aussi fourbes qu'une congrégation de jésuites tout entière. En fait, vous mépriserez vos subordonnés ; si les gens qui vous entourent avaient du potentiel, de l'envergure, du leadership, ils n'accepteraient pas de vous obéir. Du reste, le MEDEF, l'organisation patronale française, ne dit pas autre chose dans la confidentialité des vastes fauteuils où les patrons se parlent à cœur ouvert. Ah, tous ces moutons à mater !

Vous attendrez beaucoup de vos troupes. Car c'est de

leur travail que jaillissent les profits, pas du vôtre. Le milliardaire Warren Buffet l'avoue : « Tout ce que j'ai gagné, je le dois à 10 % à mon génie, à 90 % au travail des autres. » Vous leur passerez de la pommade dans le dos : il n'y a plus de chefs du personnel mais des gens qui gèrent la ressource humaine ; plus de contremaîtres mais des animateurs d'atelier. Plus d'ouvriers, mais des opérateurs. Plus de standardistes, mais des agents d'accueil. Plus de dactylos, mais des opératrices de saisie. Plus de matière grise, mais du capital humain. Plus de clients, mais des partenaires de travail. Plus de rencontres, mais des interfaces dynamiques, flexibles et transparentes.

Vous répéterez à tout bout de champ : « Le plus important, c'est le facteur humain. » En ajoutant : « L'homme, notre principale préoccupation. » Vous vanterez la responsabilisation des salariés. Vous vous gargariserez avec l'ouverture et le dialogue, la mission, la vision, le mode ouvert de gouvernance, etc. Vous porterez aux nues l'organisation en réseau qui supprime la relation verticale et qui ouvre de merveilleuses opportunités à la prise de décision – même s'il faut toujours trois personnes pour contresigner le bordereau de commande des crayons de papier.

Toujours feindre de créer un lien personnalisé avec vos interlocuteurs. Dire : « Ah, Martin... Je vous apprécie parce que c'est vous... J'aime vos idées... Vous êtes formidable. » Ne pas présenter le travail comme la soumission à une contrainte, mais comme un acte de réalisation personnelle. Répéter aux salariés : « Soyez entrepreneurs de vous-mêmes », même s'il va de soi que leur marge de manœuvre est très réduite. Conclure avec une bienveillance mielleuse : « Faut prendre du plaisir dans ce que vous faites, sinon c'est pas la peine. »

Ne rien promettre, ne rien jurer. Le flou sera votre arme fatale. « On ne sort de l'ambiguïté qu'à son détriment », disait François Mitterrand, ancien président expert en faux-semblants. Votre parole louvoyante n'engagera que ceux qui l'écoutent. Vous entretiendrez l'ambiguïté et une grande opacité quant aux lieux, aux choix et aux décisions du pouvoir, afin de placer vos troupes dans l'ignorance de qui décide de ce qui les concerne. Vos subordonnés seront d'autant plus facilement à votre merci qu'ils ne sauront pas précisément sur quel pied danser. Créer un état de déstabilisation des responsabilités et des places. Déléguer à d'autres le soin de faire régner la discipline. Faire porter le blâme des décisions impopulaires à l'organisation dans son ensemble.

Les gens devront faire d'eux-mêmes ce que vous attendez d'eux. Ne jamais dire : « Si le dossier n'est pas bouclé dans un mois vous êtes viré », mais plutôt : « Ce projet est un défi pour toute l'organisation, on ne peut pas se rater sur ce coup-là, je compte sur vous. » Le management se veut anti-autoritaire. Donner des ordres, distribuer des instructions, c'est source de tensions, de conflits, et cela conduit à des surenchères fatigantes. C'est là qu'intervient la différence entre le pilotage participatif et le pilotage directif – dans la langue de l'entreprise, *bottom-up / top-down*. Êtes-vous plutôt *top-down* (les directives viennent d'en haut) ou plutôt *bottom-up* (les directives viennent d'en haut mais on prétend qu'elles viennent d'en bas) ? Opter pour ce dernier, plus puissant sur l'échelle de Richter de la simagrée.

Si vous devez recadrer vos inférieurs, vous leur parlerez comme un représentant de la Banque mondiale dictant ses conditions à un État débiteur : froidement, sans sévérité inutile, sans affect qui viendrait brouiller le message de fermeté. Si vous êtes vraiment mécontent d'eux, ou si l'intérêt supérieur de votre poste l'exige, vous poignarderez dans le dos, tel un Judas moyen. Prendre modèle sur la patronne tyrannique du livre *Le Diable s'habille en Prada*[1] : c'est, paraît-il, le portrait tout craché de la très influente Anna Wintour, rédactrice en chef de *Vogue*.

Comme elle, vous serez sans pitié. Vos objectifs, camouflés en jargon comptable, seront précis et tranchants comme une lame de rasoir. Ils seront irréalistes mais, si vos troupes réagissent avec servilité, elles les rendront réalistes – parfois au prix de leur santé et de leur sommeil, ça c'est leur problème. Car le *Return on investment* (ROI, qui porte bien son nom) sera votre unique ligne d'horizon. Truffer vos phrases de culture du résultat, de création de valeur, de démarche de la performance. Cela signifiera qu'il faudra sabrer dans tout ce qui alourdit les coûts et amoindrit les résultats : c'est inévitable, à la fin, il y aura des victimes et des têtes tomberont. Vous-même ne serez au fond qu'un homme de paille au service des actionnaires, qui veulent juste que le *business* rapporte le plus possible et coûte le moins possible. Le XXIe siècle sera maigre ou ne sera pas.

1. Lauren Weisberger, Fleuve noir, 2004 ; Pocket, 2005.

18

Bonjour succès au féminin

Beaucoup des recommandations ci-dessus s'adressent bien entendu également aux femmes. Mesdames, vous aussi devrez savoir vous vendre, cirer des pompes, feindre de travailler, parler le jargon, être autonome et flexible, etc. Mais le chemin des sommets vous est encore trop souvent barré. Pour l'instant, ce sont les hommes qui occupent les postes à responsabilité, alors que les femmes forment le gros des troupes. En Europe, les inégalités persistent, sauf en Scandinavie, cet Eldorado de la parité.

Pas de découragement. Voici quelques conseils pour que, enfin, les femmes obtiennent ce qu'elles méritent. D'abord, Mesdames, vous ne vous reproduirez pas. Le plafond de verre qui vous empêche de réussir n'est pas transparent : il est, en fait, couleur layette. Aussi, de nombreuses femmes de pouvoir, comme Angela Merkel, la chancelière allemande, ou Oprah Winfrey, célèbre animatrice de télévision américaine, sont-elles *childfree* (un mot qui n'existe pas en français). Personne n'ose leur demander pourquoi, mais elles se sentent obligées de se justifier quand même. Vous, les sans-enfants, ne direz pas : « Je n'aime pas les gosses », « J'ai mieux à faire de ma vie » ; vous direz plutôt : « Ce n'est pas que je ne veux pas, c'est que je ne peux pas », « La stérilité, c'est le drame de ma vie, ma blessure secrète. » Vous ferez semblant d'envier les *merdeufs*, même si pour rien au monde vous ne voudriez vivre leur morne vie de *desesperate housewife*.

Au travail, vous ne vous laisserez pas enfermer dans les rôles conventionnels de chic fille consciencieuse, de confidente, d'infirmière ou de sex-symbol. Hélas, les tâcheronnes, les bonnes filles ou les bimbos ne siègent jamais dans les conseils d'administration. Se comporter comme le stéréotype du cadre masculin, mimer l'assurance, hausser le ton, ne pas hésiter à interrompre les autres. Savoir prendre ses marques. Il faudra vous affirmer, gagner en confiance et en assertivité. Parler beaucoup et souvent, car occuper le terrain et se mettre en avant est essentiel : si vous ne le faites pas, les hommes parleront trois fois plus que vous.

Pas d'exagération ou d'excès de zèle ; une femme décidée et carriériste est perçue comme une menace par les hommes mais aussi par les femmes. Au féminin, l'adjectif « ambitieux » est rarement un compliment. Vous devrez être ferme, comme un homme, mais avec l'apparence d'une femme – bref, un oxymore ambulant. Une dominatrice à lunette d'écailles. Un fauve sans scrupule sur escarpin. Une main de fer dans un gant de velours.

Vous vous inspirerez avantageusement du *look* de Christine Lagarde, directrice du FMI : classique, sobre, de bon goût – quoique, il faut le reconnaître, un peu bonnet de nuit. Mais c'est tellement efficace dans un monde d'hommes. Vous n'oublierez pas le fond de teint discret et le petit coup de Rimmel qui souligne le regard : une étude montre que les femmes qui portent du maquillage ont l'air plus compétentes que celles qui n'en portent pas.

Vous donnerez aux nécessiteux vos minijupes ras la foufoune, vos jupes indiennes, vos accessoires voyants, vos parfums trop forts, vos sandales Birkenstock.

Ni trop sexy (elle est perçue comme fragile et dangereuse), ni trop élégante (elle est cataloguée comme arrogante), ni trop décontractée (considérée comme je-m'en-foutiste), telle devra être votre ligne de couture. Une féminité sobre est une arme éprouvée qui permet de s'imposer face aux hommes sans se caricaturer. Car les hommes ne condescendent à obéir qu'à des femmes qui ressemblent à des femmes, ils ont très peur des objets sexuels non identifiés ; rien de plus déstabilisant pour eux qu'une hommasse agressive ou débraillée. Attention aux autres femmes, vos rivales, elles peuvent s'avérer vos pires ennemies : elles jalousent les ambitieuses, ces concurrentes désinhibées qu'elles trouvent trop directes (donc masculines) dans l'expression de leurs désirs. Quoi qu'il arrive, la barrière des genres doit rester en place.

Les femmes sont, dit-on, bonnes psychologues. Se servir de cet atout pour mener votre entourage à la baguette. Comprendre les caractéristiques personnelles de vos collègues ou collaborateurs permet de les contrôler et de maintenir votre suprématie. Trouver le faible de chacun est une règle d'or pour manœuvrer votre interlocuteur. Savoir repérer tous les particularismes, même minimes, toutes les extraterritorialités : sous leur masque travaille la sédition. Passer en revue l'homosexualité de Martinet, les problèmes de cœur de Pattet, le surendettement d'Agostini.

Pour réussir, mieux vaut être épaulée. Vous jetterez votre dévolu sur un homme qui gagne de l'argent : une fois en couple, vous déléguerez l'essentiel du travail domestique à du petit personnel. Vous pourrez alors sans arrière-pensée vous consacrer à votre carrière, et glisser négligemment : « Tout est une question d'organisation. La vie de famille est un faux problème. On arrive toujours à se débrouiller quand on désire quelque chose, y compris assumer ses responsabilités dans l'entreprise. Celles qui se sentent freinées par la vie de famille, c'est qu'elles n'ont pas envie d'évoluer. Tant pis pour elles ! »

Mieux encore, vous mettrez le grappin sur un ambitieux promis à une brillante carrière. Vous pourrez vous servir sans complexe de son entregent, de ses relations et marcher sur le chemin qu'il a défriché. Christina Kirchner, présidente d'Argentine, se serait-elle hissée à ce poste si elle n'avait pas été d'abord la femme de Nestor Kirchner, ex-président ? Hillary Clinton serait-elle devenue secrétaire d'État des États-Unis si elle n'avait pas épousé Bill ? Et Margarita Louis-Dreyfus se trouverait-elle à la tête d'un empire industriel et financier si elle n'avait pas rencontré Robert ? Beaucoup de femmes de pouvoir sont des « femmes de », il n'y aura pas de honte à en être une aussi.

Surtout, pas de triomphalisme dans la réussite. Adopter un profil bas sera conseillé afin de réussir votre couple. Vous avez lu dans un magazine, sous la plume d'un psy, cette phrase angoissante : « Souvent, les femmes brillantes sont seules dans la vie. » Pourquoi ? Parce que les hommes n'aiment pas les femmes qui gagnent plus d'argent qu'eux. Ils fuient devant celles qui croulent sous les stock-options et qui sont pourchassées par les chasseurs de tête : plutôt une bergère qu'une millionnaire. Vous ne parlerez pas de vos sociétés *offshore*, ne vous plongerez pas dans la rubrique boursière du *Financial Times* au petit déjeuner, ne mentionnerez pas le prix de vos chaussures Louboutin neuves. Vous camouflerez vos succès, fondrez en larmes régulièrement. Ménagez les hommes, les pauvres, ils sont si fragiles.

Le mytho-man en société

Les sphères professionnelles et privées sont poreuses : il vous faudra poser des jalons ailleurs qu'au bureau. Vous choisirez avec circonspection votre lieu de vie, vos voisins et l'école de vos enfants. Vous ne fréquenterez que des gens qui peuvent vous être utiles car ils avancent dans la vie. Face au présent compliqué, vous vous avancerez avec des idées simples, des certitudes inoxydables, des valeurs indiscutables et consensuelles. Surtout, vous surveillerez chacun de vos propos, car le moralisme de l'époque peut se muer en véritable maccarthysme.

19

Le risque géographique zéro

Travail, enfant et maison sont les trois aspects d'une même victoire : le butin de la guerre sociale. Alors, pas question de s'installer n'importe où. Vous choisirez avec discernement la ville où vous vivrez, car le lieu de résidence est un marqueur social. Pas question de déchoir aux yeux des autres en s'installant dans un endroit pourri. La preuve, l'une des premières questions que l'on vous pose est souvent : « Dans quel coin habitez-vous ? » – un moyen habile de vous jauger sans faire référence à l'argent ou au métier. Vous saurez que vous êtes socialement en phase avec votre interlocuteur si, après lui avoir répondu, il vous dit : « Ah, je connais quelqu'un qui habite là. » Ce sera la preuve que vous vivez dans un endroit… vivable.

Votre bourgade doit avoir été rénovée, réhabilitée, revalorisée, redymanisée. La gentrification y aura fait son œuvre de sournoise ségrégation, et les CSP+ auront colonisé certains espaces urbains dégradés mais bien situés. Ne pas dire que votre quartier craint un peu et que les rapports avec les voisins s'y limitent à « bonjour bonsoir » ; prétendre plutôt qu'il est authentique et convivial. La preuve, des bars à thèmes et des cafés *lounge* y fleurissent, symboles d'une mixité prudente, très prudente. Le peuple en est donc progressivement chassé. Cela tombe bien, entre nous, vous préférerez côtoyer les *people*.

Non, vous n'habiterez pas une banlieue, mais une commune résidentielle. Vous vous extasierez devant la qualité de vie. En vous endettant sur trente ans, vous aurez réussi à acheter une maisonnette. Un peu étriquée, certes, mais vous répéterez que ces habitations sont bien plus spacieuses à l'intérieur qu'elles ne le paraissent de l'extérieur. Avec ses faux plafonds en aggloméré, ses murs en contreplaqués et ses moulures en polystyrène, elle n'est très écologique – « c'est un bijou », vous a affirmé l'agent immobilier.

Dans la grande entreprise où je travaillais, nombre de mes collègues, ces prototypes de la classe moyenne aisée, étaient très fiers de dire qu'ils vivaient dans une « maison indépendante située dans un quartier recherché, proche de tout et bien desservi ». En fermant les yeux, j'imaginais… Un lotissement idyllique entouré d'espaces arborés. Des maisons proprettes, toutes pareilles, des jardins entretenus. Une vie qui se déroule sans heurts, sans accidents, sans conflits ; des enfants qui grandissent dans une tranquillité parfaite, des adultes souriants qui disent bonjour à leurs voisins en allant au travail. Un peu comme Jim Carrey dans *The Truman Show*, qui mène une vie calme et heureuse jusqu'au moment où il découvre que sa vie n'est que mensonge.

Vous vous livrerez à de multiples contorsions pour obtenir une place pour votre bambin dans un établissement scolaire réputé. Inscrire son gamin à l'école de tout le monde est une erreur tactique : c'est nuire à votre standing et c'est se fermer des portes. Une école pour privilégiés est un investissement rentable, pour vous comme pour votre enfant – qui l'aidera à trouver un emploi plus tard s'il sort d'un lycée déshérité ? Vous l'accompagnerez en 4x4 – tant pis si ça pollue, le débat sur l'inanité de ce type de véhicule s'arrête net dès que les gens disent qu'ils les achètent pour protéger leurs précieux enfants. Et puis c'est un signe extérieur de richesse qui vous permettra de faire la propagande de votre bonheur : oui, vous avez tout et même l'accessoire. Vous êtes heureux. Très heureux. Durablement heureux.

Et, aux réunions de parents d'élèves, vous rencontrerez des gens auxquels vous avez quelque chose à dire. Des managers et cadres du tertiaire, des gens dans le vent des valeurs montantes, à l'affût des besoins émergents. Ils travaillent dans la communication, le marketing, le conseil ou la finance. Ils sont à l'aise dans les jeux de rôle qu'impose la société, ils ont des activités, ils font du sport, de la politique, ils discutent, ils s'intègrent, ils voyagent, ils évitent les sujets qui fâchent, ils pensent aux soldes, ils s'intéressent sans effort au squash. Les papas à carrière et les mamans zélées seront vos pairs – surtout, pas d'impair.

20

Touche pas à mon ghetto

Bienvenue au club des Gagnants. Bien sûr, il y en a qui sont plus compétitifs que vous, plus riches, ce qui est à la fois agaçant (prendre conscience que vous jouez en deuxième division relativise votre bien-être) et rassurant (vous êtes entouré de gens qui ont réussi). Vous vous montrerez amical avec ceux qui peuvent vous servir, et distant avec les autres, ceux que vous jugez inférieurs à vous socialement. Car l'entre-soi est reposant pour l'esprit. Pour parer à tout imprévu, vous visiterez avec d'autres privilégiés la dernière expo à la mode, fréquenterez le club de gym un peu sélect... Bientôt, dans notre monde prétendu ouvert et fluide, il faudra une carte d'adhérent même pour aller aux toilettes.

Surtout, pas de rencontres déstabilisantes. Pas question de perdre le contrôle des circonstances et routines de la vie quotidienne. La malchance, ce vieux truc des anciennes civilisations désormais à la casse, a été détrônée par les dysfonctionnements ou les défaillances, dont il faut identifier les causes et traquer les acteurs. Quant au mal... Le mal, ce n'est rien de plus que les volets déficients, les prix élevés, la chute des cheveux, le manque de choix, les routes glissantes...

Sans oublier les classes dangereuses qui guettent à l'extérieur avec un couteau entre les dents, et les monstres pédophiles qui rôdent, en embuscade derrière chaque platane. Sécurisez à mort votre maison – l'idéal serait de la sanctuariser. Vous dissuaderez votre gosse de franchir le seuil de la porte. Puisque seuls les petits défavorisés jouent encore dans la rue, que ferait votre ange dehors ? De mauvaises rencontres ? Le principe de précaution a remplacé tous les autres principes. Tout doit être sous contrôle. Ce monde a été suffisamment interprété et changé, il s'agit maintenant de le protéger.

Certes, vous vous préoccuperez de ceux qui n'ont pas la chance de vivre votre existence semi à l'abri. Vous parlerez avec délicatesse et à propos de ceux d'en bas, les chômeurs, les humiliés de la spéculation, les victimes du libéralisme, les oubliés des quartiers sensibles. Les disqualifiés de la croissance ou de la récession. Les laissés-pour-compte de la ségrégation sociale. Les perdants radicaux. Mais vous invoquerez les dures réalités pour éviter que la fracture sociale ne vous empêche de dormir : au fond, il est compréhensible que le changement, ça fasse des victimes.

Il n'y a qu'une catégorie de gens dont vous pourrez ouvertement dire du mal. Ce sont tous ceux qui ne sont pas comme vous, comme nous. Les Barbares. Les terroristes qui nous terrorisent. Les islamistes, prêts à semer l'enfer pour gagner leur absurde paradis peuplé de 70 vierges. Vous pourrez vous lâcher : ce sont les non-civilisés qui transforment les femmes en abat-jour ambulants. Le fardeau de l'homme blanc s'est transformé en fardeau de l'homme occidental, qui se doit de montrer aux autres le chemin escarpé de la liberté et du Bien.

Lorsqu'on porte ainsi la morale en bandoulière, on a en face de soi des gens si différents qu'ils sont à peine des gens. La preuve, quand ils meurent à la télé, ils meurent comme au ball-trap, en masse.

Comme tout le monde, vous adopterez le grand récit du combat final de la liberté humaniste contre la croyance primitive. Les Barbares nous permettent d'apprécier à sa juste valeur le privilège d'être un membre des classes moyennes, cette quintessence de la civilisation. Savourons notre chance, celle de vivre en Occident. Dans un beau pays, qui a certes ses défauts mais où il fait bon vivre. À ceux qui critiquent un peu trop fortement vous enverrez cet uppercut sans réplique : « Allez vivre chez les barbus tarés, et vous nous en reparlerez, de la liberté ! »

Malgré la mirifique société nomade et transfrontalière dont tous les bons apôtres nous chantent les vertus réconciliantes, le nationalisme se porte décomplexé. Vous aussi, vous communierez dans l'identité nationale afin d'être en phase avec vos compatriotes. Le repli sur soi et sur ses traditions s'observe partout : l'Amérique aime son drapeau, la France sa *francitude*, l'Angleterre révère sa *britishness*, etc. Que ceux qui se refusent à cet exercice d'intégration aillent se faire désintégrer.

Si vous vivez en France, vous vous gargariserez de patrimoine, vous approfondirez l'art de déguster le vin et les 365 fromages bien de chez nous. En Belgique, vous vouerez un culte à Tintin et à la bière (connaître par cœur le nom des six bières trappistes belges, l'Achel, la Chimay, l'Orval, la Rochefort, la Westmalle et la Westvleteren). En Helvétie, vous vous extasierez devant les belles montagnes et mangerez du bircher, le muesli local.

Le patriotisme est bien pratique, il permet de rejeter le poids de la fourberie sur les autres. Lance Armstrong, champion américain de cyclisme, n'a pu remporter sept Tours de France d'affilée qu'en se dopant, tout le monde le sait… en France. Et, bien sûr, si vous êtes français, vous savez aussi pourquoi l'équipe de France de rugby a perdu face à la Nouvelle-Zélande en Coupe du monde 2011. Parce que l'arbitre sud-africain s'est montré partial, et a scandaleusement fermé les yeux sur les fautes des All-Blacks. Des fautes grossières qui auraient dû disqualifier cette équipe pour la victoire – dans un monde plus juste, donc plus français.

Pour autant, le racisme ne passera pas par vous. Halte là ! Pas question de rejoindre ces individus populistes tentés par un nationalisme rétrograde, qui se laissent aller au repli identitaire. Ils sont nombreux ? C'est bon pour les perdants et pour les paumés. Comme c'est réducteur de se servir de l'Europe, de l'Amérique ou de Dieu sait quoi comme d'un bouc émissaire ! Vous, droit dans vos bottes, vous ne perdrez pas le nord. Ni la géographie bien comprise de vos intérêts.

21

Banal song

Mieux vaut être intégré que désintégré. Si l'identité nationale vous permet d'entrer en empathie avec votre entourage, c'est la Banalité qui constitue votre camouflage le plus utile. Vous penserez comme tout le monde, vous donnerez des gages de normalité et d'adhésion aux idées les plus conventionnelles, car ce sont les plus fédératrices. S'exercer à proférer des opinions convenues, un peu comme les politiciens, pour avoir son label de bonne conduite et de bien-pensance. Vous manierez sans retenue les vérités qui ont toujours le dernier mot, ainsi vous ne prendrez aucun risque : la vie, c'est mieux que la mort, la paix mieux que la guerre, l'amour c'est mieux que la haine... Vous, vous avez la haine de la haine. Il faut lutter contre la haine sous toutes ses formes. Les évidences nous protègent de l'imprévu. Une fois qu'on les a énoncées, que peut-on ajouter ? Rien. Mais on peut recommencer. Pendant ce temps-là, on ne pense pas à mal faire.

Vous vous méfierez comme de la peste des discours creux, mais vous excellerez à les tenir avec un sérieux papal. Prenez modèle sur les professions intellectuelles qui, à quelques exceptions près, ont cessé d'être un métier pour devenir une manière de proférer des platitudes. Les histrions de la *world philosophy* libre-pensante montrent l'exemple. Avez-vous déjà vu Bernard-Henri Lévy porter aux nues la liberté dans une conférence ? Eh bien, c'est un très beau spectacle, dommage qu'on ait l'impression qu'il parle d'un pays là-bas très loin qu'on aura du mal à atteindre à la rame, même en souquant ferme...

Certes, vous aimerez le monde d'aujourd'hui, mais vous serez suffisamment fair-play pour reconnaître les inconvénients de la *modernitude*. Déclin de l'autorité, perte des repères, montée des incivilités... Vous déplorerez bruyamment l'individualisme de masse, l'austérité nécessaire – moins d'aide pour les pauvres, moins de retraite, donc un « démerde-toi » généralisé. Pas question pour autant de regretter le passé, c'est bon pour les frileux, les crispés, les mécontents, les sceptiques, les ringards. Maintenant c'est déjà demain, et hier n'est qu'une tombe dont même la trace est oubliée.

Vous saurez donner votre avis avec autorité. Jamais on n'a assisté à une telle fabrication en série d'individus convaincus d'avoir quelque chose à dire, qui moulinent des idées ressassées imprégnées de sagesse conventionnelle. Dans toute conversation, pour s'imposer, il faut être prêt à dégainer sur les problèmes de société, les grandes questions, les débats sur les mœurs, bref tous les sujets qui font l'objet d'un décryptage savant dans les magazines. Les penseurs à la bouche en cœur ne reculent devant aucune question vertigineuse. Que penser de la dépénalisation des drogues douces ? De la brebis transgénique ? Du lièvre de mars ?

C'est un habile mouvement dialectique qui doit imprimer son rythme à vos opinions : les usines polluent / mais elles font vivre beaucoup de monde / quoi qu'il en soit, l'Homme saura certainement trouver une solution.

Vous vous abriterez derrière la complexité des enjeux pour ne vous prononcer, en fait, sur rien. C'est que, dans la vie, les portes s'ouvrent pour ceux qui pensent comme les autres, pas pour les agités du bocal qui assènent des idées susceptibles de déplaire. Le retors abbé Sieyès a avoué n'avoir survécu à la Révolution française qu'en réussissant à ne jamais prendre parti.

Surtout pas de propos inappropriés ou de dérapages. Vous châtierez votre langage : pas d'inconséquences, d'irresponsabilités dommageables à votre réputation. Seuls les puissants de ce monde peuvent encore se permettre de proférer des paradoxes ou des énormités. Car plus on s'élève dans la hiérarchie, plus il est possible de jouer verbalement avec la règle du jeu, car personne ne doute de votre allégeance profonde au système. Matthieu Pigasse, patron de la branche française de la banque d'affaires Lazard, peut déclarer avec décontraction : « Je suis un anarchiste. » *Fuck the machine* ! Un maître du monde qui se prend pour un Sex pistols, c'est trop fort.

Vous avez envie d'éclater de rire, mais vous vous contenez. Le rire est un terrain miné. Il balaie les semblants : il est donc terrible, subversif. La moindre ironie, même envers soi-même, peut apparaître comme du cynisme, et le moindre cynisme comme un crime. Vous laisserez ces poses aux dandys décadents, aux désillusionnés, aux aquoibonnistes, aux postdadaïstes. François Hollande a été élu président de la République française en cessant les petites blagues dont il était coutumier. Vous aussi, vous refuserez de vous empoisonner avec le napalm de la dérision. Au nom du principe de précaution, vous vous contenterez du premier degré de la parole.

22

Ratifier le contrat social

« C'est mieux qu'avant », et « C'est pas mieux ailleurs » seront votre credo. Vous offrirez aux autres le visage lisse et satisfait de celui qui est convaincu de vivre dans le meilleur des mondes possibles. C'est avec ferveur que vous lui ouvrez les bras ; ce contre quoi il est devenu inutile de lutter ne réclame plus d'être seulement subi, il faut qu'en plus on l'aime. Sa plus belle réussite est de nous avoir donné la démocratie. N'est-elle pas le seul système compatible avec la nature humaine ? Elle détient le monopole du discours vrai sur la liberté. Remerciez ceux qui l'ont inventée, qui ont combattu pour elle. Pourquoi songer à entreprendre de contre-productives actions protestataires ? Surtout, ne rien critiquer, ne rien contester. Vous éviterez les déclarations tranchantes, les propos incendiaires : « Des incompétents nous gouvernent, qu'ils dégagent ! », « À quand le grand *remake* de la Révolution française ? » Pour protester, dire plutôt : « On est en démocratie, quand même. »

Au nom de la liberté, il est obligatoire d'être démocrate. Bizarre, on vit pourtant dans une société qui se prétend plurielle, et qui *plurialise* tout : les loisirs, les espaces, les cuisines, les amours, les genres, les initiatives, les instants, les handicaps, les corps, les arts, les jeux, les mondes, les droits… Ma banque m'a envoyé un e-mail début janvier pour me souhaiter une « année plurielle ». Une année plurielle ? Franchement, je préférerais une année singulière.

La démocratie-Une et le marché-monde seront genre humain. Le grand récit du XXe siècle exalte sainte Démocratie : il y a eu d'abord une grande bataille contre le nazisme, et les forces de la liberté l'ont emporté. Puis, il y a eu une nouvelle grande bataille entre le socialisme mortifère et le capitalisme libéral, et ce dernier a vaincu. Vous ne le montrerez pas, mais vous vous en fichez totalement : si les Rouges avaient gagné, vous seriez apparatchik d'État, au lieu d'être apparatchik d'entreprise. Tout bien pesé, c'est bonnet blanc et blanc bonnet.

Le mur de Berlin a chu, et la liberté a « triomphu », chapeau pointu. On a cru que cette victoire était définitive. Eh bien ! non, les forces du mal sont encore actives, le 11 septembre 2001 en a fait la preuve. Massacres, famines, pas question d'éprouver de la complaisance pour les crimes du présent. Mais si la démocratie et la libre entreprise ont encore des ennemis (principalement des simples d'esprit et des illuminés), la logique des choses veut qu'elles triomphent. C'est uniquement une question de temps. Toutes les horreurs qui ont lieu de par le monde ne sont que des abominations résiduelles, des archaïsmes en cours de liquidation. Vous croirez dur comme fer en l'âge d'or qui s'annonce.

Bien sûr, il vous arrivera de vous poser des questions au fond de votre cœur. Comment se fait-il que vous ne soyez pas si libre que ça, obligé d'obéir à vos employeurs, de vous plier aux diktats de l'administration ? Pourquoi personne ne vous demande-t-il jamais votre avis ? Pourquoi toute réforme se noie-t-elle dans un gouffre de gaspillages, d'escroqueries, d'incapacités ? Pourquoi avez-vous l'impression qu'on vous cache tout et qu'on ne vous dit rien ? Le nuage radioactif de Tchernobyl, qui a prétendument contourné les frontières françaises en 1986, les attentats de 2004 en Espagne attribués à des terroristes basques alors que ce sont des islamistes qui ont fait le coup... Toute cette intox rend dubitatif.

Ce sont peut-être des charlatans qui nous imposent le contrat social... D'ailleurs, ce fameux contrat, nul ne l'a jamais vu ni tenu entre ses mains, n'est-ce pas ? Au fait, vous n'avez rien signé, si ? Le type qui faisait du porte-à-porte l'autre jour vous aurait-il extorqué une signature lors d'un moment d'égarement ? Mais pédale douce sur ce scepticisme, qui pourra vous attirer beaucoup d'ennemis. « Que proposez-vous ? », va-t-on alors vous demander sur un ton sec : « Vous avez un plan B ? » Et là, vous voyez, vous ne serez pas en mesure de répondre : mieux vaudra vous taire. L'adhésion au système, c'est comme la croyance à l'existence de Dieu jadis : impossible d'exprimer publiquement des doutes sous peine d'être mis au ban de la collectivité.

Être un ravi de la crèche du suffrage universel sera plus intelligent. Voter, c'est très important – mais garder un silence prudent sur vos idées, susceptibles de déplaire à tous ceux qui ne les partagent pas. Vous ne votez pas ? C'est mal. « Des gens sont morts pour avoir le droit de voter », va-t-on vous dire sur un petit ton moralisateur. En ce qui me concerne, je ne me suis pas rendue aux urnes depuis quelques années. Quand je le mentionne au fil d'une conversation, les visages se ferment, les lèvres se pincent. « Tu ne participes pas à la vie de la nation », m'a-t-on dit sur un ton de reproche peiné. « Ah bon, la nation vit encore ? », ai-je un jour répondu d'un air faussement étonné. Eh bien, voilà un exemple de ce qu'il ne faut pas dire : aussi, à présent, j'affirme la bouche en cœur : « Mais bien sûr, j'irai voter aux prochaines élections, ça va de soi ! »

23

Un pour tous, tous pourris

Vive les valeurs ! Vous répéterez sur le ton de la pastorale les mantras les plus courus : paix et non-violence, éducation, environnement, développement économique et humain, respect des différences, solidarité, communication et dialogue interculturel. Ils servent à susciter chez chacun d'entre nous un réflexe pavlovien de conformisme comblé, à l'instar d'autres mots comme ceux de république, d'humanitaire, d'émotion, de diversité, de respect pour. Proférer avec force : « Je suis de ceux qui... », un énoncé qui s'adapte à toutes les propositions, qu'il marque du sceau d'un paisible sens commun. « Je suis de ceux qui croient en la paix dans le monde », ou plus impliqué : « Je suis de ceux qui militent pour la solidarité avec les plus pauvres. »

Vous choisirez les mêmes boucs émissaires que les autres ; dans la période récente, Ben Laden, la star du Mal de la décennie 2000, puis, plus brièvement, Kadhafi se sont retrouvés élus Hitler de l'année à la majorité des suffrages. C'est la rotation des collections, alors demain ce sera un autre, le Syrien Bachar al-Assad, probablement. Car la tyrannie, c'est mal. La compassion pour les autres, c'est bien. Vous imiterez Bono, chanteur de U2, très en pointe sur les causes humanitaires et la solidarité – ce qui n'empêche pas son groupe d'optimiser habilement sa fiscalité en se domiciliant en Hollande, un pays où l'impôt sur les sociétés est très avantageux.

Solidaire, oui, mais avec prudence. Car, ceux d'en bas, qui sont-ils ? Mieux vaut se les représenter sous forme de caricatures afin de ne pas s'identifier à eux. Ils sont bruyants et tatoués. Ils boivent de la bière en regardant des émissions de téléréalité débiles où des gens sans perspectives professionnelles se ridiculisent en poussant la chansonnette. Ils vivent dans des quartiers pollués, boivent des sodas sucrés et sont mis en cloque par de proches parents. Les prolos ne vous dérangent pas, pourvu qu'il y en ait le moins possible dans votre rue ou dans l'école que fréquente votre enfant. En fait, vous serez mort de peur à l'idée de leur ressembler un jour.

L'angoisse vous étreint ; mais, après tout, ce qui arrive aux démunis est un peu leur faute. Les perdants n'ont pas su saisir les opportunités qui n'ont pas manqué de se présenter à eux. Forcément, un jour dans leur vie, la chance a frappé à leur porte, parachutée par une main invisible qui répartit ses bienfaits de manière équitable – las, ils n'ont pas su la reconnaître ou l'attraper par les cheveux. Ils n'ont pas su monter sur la grande roue qui est en train de tourner là, dehors, pleine de lumières et de couleurs. Tout échec n'est-il pas une défaillance de ceux qui n'ont pas voulu accueillir les opportunités qui leur étaient offertes ?

Prudence, le bric-à-brac de bons sentiments et d'opinions permises qui vous servira de faire-valoir commercial ne vous engagera qu'en parole. Vous ne chercherez pas à prendre les choses trop au pied de la lettre.

Inutile de vouloir changer le monde – il change tout seul, il n'a pas besoin de vous. Bien sûr, vous croirez à l'égalité, mais... Des femmes, des Blacks, des Beurs aux postes de commande de l'économie et de la politique ? Ce qui doit être pris en compte avant tout, quand même, c'est la compétence des candidats. Et les avancées sociétales se feront quand elles doivent se faire. Avant l'heure c'est pas l'heure, après l'heure c'est pas l'heure non plus.

Mettre la charrue avant les bœufs n'est pas une bonne idée. Je me souviens de l'hésitation de mon chef devant le CV d'un postulant prénommé Mohamed. Avant d'enterrer le dossier de candidature sous la pile des autres, il s'est justifié par une habile volte-face : « Tenter d'imposer des personnes qui ne seraient pas légitimes (sous-entendu : qui ne seraient pas sélectionnées et adoubées par le système) n'est pas une bonne idée. Ce serait un activisme déplacé, qui pourrait être mal perçu et braquer inutilement certains. » Vous prendrez modèle sur lui, et enfoncerez le clou en citant le proverbe chinois : « Avec le temps et la patience, la feuille du mûrier devient de la soie » – le genre de phrase toujours utile pour faire taire les autres, quelles que soient les circonstances.

24

La culture pour ceux qui se la pètent

Le voile de bons sentiments qui vous accompagne devra être décoré d'un zeste de culture. Voilà un domaine où il sera nécessaire d'acquérir un vernis, fût-il léger. Le cinéma, c'est la vie, la poésie vous transporte, le théâtre vous attend, la peinture vous concerne. Ceux qui réussissent dans la vie aiment l'art, le beau et le neuf. Le milliardaire François Pinault adore la création contemporaine, le gouverneur de la Banque de France raffole d'opéra. La culture aide les dirigeants et les *winners* à décrypter les enjeux qui portent sur le sens et le relationnel et à rendre plus intelligible la complexité des marchés.

Vous développerez vos références visuelles : Art Basel, la documenta de Cassel (attention, cela s'écrit avec un « d » minuscule), la FIAC de Paris, la Biennale de Venise, la Triennale de Yokohama vous tendent les bras. Certes, on y présente des œuvres si déstabilisantes qu'on les croirait exécutées par des déchets d'asiles – mais elles sont portées vers le public par d'habiles professionnels qui, eux, connaissent la valeur des choses. Vous lâcherez sur un ton inspiré : « C'est artistique », même si la liaison (c'est « tartistique ») peut retirer toute crédibilité à vos propos pâtissiers.

L'art n'est pas qu'un divertissement, il est pédagogique ; comme le confiait récemment le directeur d'un centre d'art contemporain : « En se familiarisant avec la présence de l'art contemporain, on se prépare à un monde qui change. » On ne saurait mieux dire : l'art véhicule une valeur de transformation. Vous serez donc métamorphosé par ces œuvres courageuses, dénonciatrices, qui démystifient et mettent à nu grâce à une série d'options radicales. Des lapins géants en Inox, oh ! 147 kilos de bonbons enveloppés sous papier de Cellophane bleu, ah ! Des caniches gonflables, ouah !

Quand même, vous serez perplexe ; qu'êtes-vous censé ressentir devant ces pitreries ? Vous attendrez que le plaisir frappe au carreau. Accompagné de préférence par ce doux murmure sentimental et dévot, l'émotion. Et, plus fort encore sur l'échelle de Richter de l'excitation, la jubilation. Elle est ce qui provoque une joie expansive et vive ; l'art jubilatoire, qui transmet son frisson, est encore plus efficace que celui qui se contente d'émouvoir. Vous voilà partie prenante d'une vaste chaîne où vous donnez la main à vos frères, les humains. On dit merci à qui ?

Au monde, qui devient toujours plus culturel. Votre culture, constituée des bribes que vous avez réussi à saisir, vous la vivrez de l'intérieur, mais surtout vous l'exhiberez. Un peu comme un accessoire chic. Un bon moyen d'intimider les autres : « Moi, je suis au courant, j'ai vu, j'ai lu, etc. » Dans le bras de fer feutré qui vous oppose à vos contemporains, elle vous servira d'arme de dissuasion passive et d'affirmation active. Exercez-vous dès maintenant à glisser une phrase sur les installations-sculptures d'Anish Kapoor au Grand Palais, sur l'exposition Jeff Koons à Versailles – des créateurs et des plasticiens si merveilleusement incorrects ! « Ces œuvres controversées détricotent les codes du genre en s'attaquant aux structures normatives, donc constituent autant d'antidotes au prêt-à-penser », avez-vous lu quelque part. Jadis, les artistes choquaient le bourgeois, aujourd'hui ils l'épatent.

Vous saurez aussi parler d'architecture avec les mots pédants qui conviennent ; devant le dernier bâtiment construit par Zaha Hadid ou devant le dernier édifice conçu par le tandem Herzog & de Meuron, s'exclamer avec le plus grand naturel : « Quel lieu magique ! Voilà une grammaire formelle intéressante paraphée par une signature décorative tellement novatrice. » Vous vous pâmerez devant ces œuvres qui se mesurent à la verticalité et à la lumière.

Pour avoir l'air cultivé de la bonne façon, des professionnels viendront à votre secours. Des guides, gardiens, conférenciers et autres médiateurs culturels sont chargés de présenter les œuvres à des foules non préparées au fil d'itinéraires de découverte qui se déclinent en autant de parcours ludiques. Il existe bien des parcours de soin, des parcours culinaires, des parcours bien-être, alors les parcours culturels s'imposent. Selon des formules personnalisées et des trajectoires à la carte, comme il se doit.

Pas d'overdose, quand même. Afficher sa passion pour les beaux-arts devant des recruteurs n'a jamais constitué un avantage comparatif déterminant. Quand ils entendent le mot culture, la plupart des DRH dégainent, non pas leur revolver, mais leur EBITDA (*Earnings Before Interest, Taxes, Depreciation and Amortization*). C'est que se forger une vraie « culture gé » prend du temps et, quand on est érudit, on ne s'intéresse pas forcément à la production industrielle d'escalopes de soja, la distribution de pièces détachées automobiles, la vente de tickets restaurant ou de forfaits de téléphones mobiles. Pédale douce sur la culture, qui doit être le sel de la vie, mais pas le plat principal.

Le mytho-man face à lui-même

Cultivez sa tête est une chose, il faudra aussi cultiver votre moi, le mettre en valeur avec ferveur. Vous renforcerez votre assise personnelle afin de développer votre potentiel, l'enrichir. Non, l'amour de soi n'est ni de l'égoïsme, ni du nombrilisme, mais bien l'indispensable condition pour être adapté au monde. Vous prendrez soin de vous, bichonnerez votre corps, pratiquerez l'hédonisme avec la détermination d'un croisé : ainsi vous pourrez promouvoir votre image, donner du punch à votre ligne de vie et à votre carrière.

25

Je m'aime, tu m'aimes, il m'aime

Retenez votre souffle, préparez-vous à chanter : « *I am what I am.* » C'est une phrase qui a du poids et qui vous leste un homme (ou une femme). Je = Je, je suis moi, je veux être moi, je veux m'exprimer en tant que personne, être en harmonie avec moi-même, vivre des expériences qui me mettront sur le chemin de l'accomplissement personnel, réaliser mon potentiel créatif. Le moi est en passe de devenir un droit humain. Quand sera-t-il inscrit dans la Constitution ? Vous exalterez votre personne, cette synthèse de tout ce qui n'est pas les autres, vous la mettrez en valeur : vous n'avez, en fait, qu'elle. Mais c'est déjà beaucoup !

Bien sûr, le passé nous montre qu'être vraiment soi-même exige une sacrée détermination, et implique de se fâcher avec pas mal de monde. Car développer son propre style, singulier et inimitable, veut dire ne ressembler à personne et douter des idéaux collectifs. Hou lala ! comme c'est dangereux ! On peut y perdre des plumes, risquer sa tranquillité et son travail. Il est plus raisonnable d'être conforme à l'attente des autres. Du reste, c'est le conseil bien intentionné qu'on vous donne quand vous devez vous exposer : « Restez vous-même. » Ce qui veut dire :

faites semblant d'être naturel, et dissimulez votre véritable personnalité.

À l'issue d'une éprouvante session de recrutement où vous avez dû jouer la comédie pour vous vendre, on vous a asséné que « vous n'avez pas su être vous-même », avant d'éliminer votre candidature. Vous avez tiré les leçons de cette mésaventure. Dorénavant, vous serez adapté à chaque situation et à chaque moment de la vie. Vous irez de l'avant, vous enfilerez un masque après l'autre, rien ne pourra vous abattre. Vous cultiverez votre résilience, cette force de caractère qui permet de surmonter les épreuves de la vie. Elle est l'art de rebondir plus haut après les épreuves. Le résilient accueille les malveillances, les attaques, sans les recracher toutes crues, mais en les métabolisant. Être résiliant, c'est illustrer la formule bien connue de Nietzsche : « Tout ce qui ne te tue pas te rend plus fort. »

Pour avancer d'un pas plus assuré vers l'équilibre et la maîtrise de soi, pourquoi ne pas faire appel à un coach ? Il vous aidera sur ce chemin intérieur où il faut savoir composer avec ses émotions et développer une attitude positive dans le rapport à soi-même, aux autres et à l'environnement. Votre thérapeute procédera par objectifs, identification des obstacles, stratégie, évaluation des résultats. Le but : révéler et épanouir votre moi profond ; l'obstacle : la part sombre de vous-même ; la stratégie : devenir vous-même ; l'évaluation des résultats : grâce à vous-même, vous irez à la rencontre de votre moi. Heureux qui comme Narcisse fait un beau voyage.

Le problème, c'est que vous n'êtes pas seul au monde. Allez vers soi-même est une chose, mais, vous en conviendrez, l'accomplissement de votre vrai moi exige le souci d'autrui. Autrui avec lequel il conviendra d'établir des rapports authentiques – ce qui n'est pas toujours facile, car il est d'abord un rival. Par une succession de prises de conscience, vous vous apercevrez que le mot d'ordre « vivre sa vie » tournait un peu en rond. Pour montrer aux autres que votre existence ne tourne pas autour de votre nombril, vous passerez donc du bien-être individuel au Bien universel : associations caritatives, fondations culturelles et causes humanitaires vous tendent les bras.

Pour conjurer un égocentrisme dommageable pour votre épanouissement et votre réussite, vous prendrez langue avec des *théâtreux*, des travailleurs sociaux en contact avec les dures réalités, des combattants de la fraternité. Les privilégiés (de même que les semi-privilégiés) doivent montrer leur grandeur d'âme. Alfred Nobel était un riche vendeur d'armes avant de créer le prix Nobel de la paix. Et Bernard Madoff, cet homme d'affaires qui a vidé les poches de centaines de milliers d'épargnants, a accordé des dons généreux à des hôpitaux et des théâtres. S'acheter une conscience (et une image) a un prix. Ceux que vous aiderez vous renverront une image favorable de vous-même ; le monde sera, non pas votre huître, mais votre miroir.

26

Faites-vous du bien, il vous le rendra

L'habit fait le moine, de même que la toge fait le Romain, et l'arbalète le Guillaume Tell. Le *look*, c'est très important. Les gens dotés d'un physique agréable gagnent en moyenne 12 % de plus que les moches. Un aspect extérieur avenant va vous aider à vendre et à vous vendre : il est un des éléments du paquet que les investisseurs ou les clients veulent qu'on leur propose. Cela explique que, en Amérique du Nord, les candidats séduisants ont davantage de chance de remporter les élections que les autres – la popularité de J.F. Kennedy, de Bill Clinton ou de Barack Obama en est la preuve. En Europe, le physique ingrat d'Angela Merkel, la dame de fer européenne, ne montre qu'une chose, nous avons une longueur de retard.

Partout, vous serez jugé sur votre apparence. Comment la mettre en valeur ? Messieurs, un costume-cravate classique donne l'air sérieux de celui qui travaille, qui tient sa place dans la société. Si vous avez un métier branché (mode, show-biz), vous pourrez vous permettre un *piercing*, des couleurs décalées et des accessoires clinquants. Mais il importe de fuir les joggings et les jeans larges, ces vêtements débraillés dans lesquels les personnes psychologiquement fragiles passent leurs journées. Pas de pulls démodés, de joues mal rasées, de mine hivernale, de rictus amer. À proscrire, la moumoute qui dépasse de la chemise mal refermée. Mort aux poils ! On sait que le degré de pilosité est proportionnel à l'avancée de la barbarie dans les sociétés. Mollahs et rabbins ont un point commun, leur fourrure. Le drame du Proche-Orient s'expliquerait-il en partie par ce goût de la pilosité ? Faites fi de ces toisons de l'obscurantisme.

Vous entretiendrez votre corps, vous lui consacrerez un culte. C'est par lui que vous trouverez votre place dans le monde, que vous serez un ami du réel. Et c'est par votre enveloppe de peau et de chair que vous sentirez et vivrez pleinement vos émotions. Vive la marche ou la course à pied. Adepte du grand air, vous adhérerez à l'exercice méthodique, au muscle intensif, à l'optimisme du dépassement de soi, à la performance comme argument, et, *last but not least*, à l'utopie boy-scout de la fraternité des peuples.

L'espace Gym et Beauté vous tend les bras. Quatre-vingt-dix appareils de muscu acharnée, sauna-parc, Jacuzzi, soins bio-marins en cabine, cardio-programmes : le rêve. Si vous êtes trop paresseux pour sortir, vous vous musclerez à la maison en suivant les conseils de Jane Fonda, 72 ans et toujours jeune. Après l'effort, le réconfort : connaissez-vous les huiles de modelage corporel chauffantes et comestibles construites sur une base de triglycérides d'acides gras végétaux ? La balnéothérapie à base de produits de la vigne et du vin de Bordeaux, qui sont riches en polyphénols et luttent efficacement contre les radicaux libres ? Faites-vous du bien, il vous le rendra au centuple.

La décrépitude vous guette, soyez aux aguets. C'est le début de la fin : personne ne sait que faire des cinquantenaires. Les entreprises s'en débarrassent avant d'avoir épuisé leur capacité de travail. Vous lutterez avec vigueur contre la génération montante, car elle veut votre place, votre peau. Une bataille à mort entre les classes d'âge sévit dans les profondeurs, mais c'est un conflit sans parole ni déclaration de guerre. Il vous faudra rester vigilant car les personnages les plus dévastateurs de la Révolution française étaient jeunes : Saint-Just n'avait que vingt-sept ans quand il a été guillotiné, Robespierre trente-six. Ne vous laissez pas piétiner par de jeunes loups aux dents longues. Mesdames, vous ne reculerez pas devant la chirurgie esthétique, car le temps est notoirement moins clément avec les femmes qu'avec les hommes : c'est injuste, mais c'est ainsi.

Ô vieillesse ennemie ! Demeurez à l'affût des imperfections. Contemplez dans la glace votre propre reflet, non pas tant pour vous admirer que pour y chercher sans relâche les failles, les signes de fatigue. Monsieur, vu de trois quarts, quand vous étirez le cou et retenez votre respiration, vous pourriez passer pour un homme encore jeune. Vous traquerez le négligé, le relâché, le cheveu blanc. Et les ridules, les capitons... Des potions magiques à base de champignons, de fleurs, d'algues ou de vitamines vous aideront à lutter : le bio-élastide, les bio-peptides expanseurs, le pro-tensium, le phyto-complex, les fibroblastes, l'argireline, la kénitine, les isoflavones, les micro-algues bleues... Consommez, vous rajeunirez.

27

Fuir les suicidés de la réussite

Rester jeune est une chose, il faut avant tout rester mince. L'Occidental est, statistiquement, de plus en plus gros ; un tiers des Européens est en surpoids. C'est justement pour cela que vous devrez vous prendre en main. Celui qui est gros vit mal, travaille mal et se périme vite. Il a perdu la maîtrise de son corps et de son existence et donne aux autres une mauvaise image. François Hollande a perdu 20 kilos afin d'être en harmonie avec lui-même et, surtout, de se présenter à l'élection présidentielle française de 2012. La Belgique est l'un des rares pays qui ose afficher un homme politique de premier plan vraiment enrobé : Bart De Wever, 140 kilos, dont le parti indépendantiste pèse lourd en Flandre. Mais Bart est au régime et la carte du territoire pourrait s'en trouver changée.

Si vous souffrez d'un excès pondéral, vous commencerez un régime. Dans notre monde de performance, ce qui importe n'est pas tant le nombre de kilos perdus que le fait d'avoir réalisé un objectif (fût-il de 500 grammes). Cela démontrera votre capacité à agir sur vous-même – et, par ricochet, sur les autres. Le styliste Karl Lagerfeld a perdu 42 kilos il y a dix ans, ce qui a contribué à améliorer son image et ses revenus. Mais il va parfois trop loin en affirmant abruptement : « Personne ne veut voir des femmes rondes. »

Il faut le reconnaître en *off*, Karl a, hélas, raison. Dans les magazines, toutes les femmes sont minces comme des fils – les photos sont retouchées, bien sûr. C'est que l'ostracisme est plus fort envers miss Bourrelets qu'envers monsieur Gros Bide. La chair adipeuse serait-elle notoirement plus moche chez la femme ? Il faut croire que oui, puisque, d'après un sondage, la moitié des Américains se disent prêts à quitter leur compagne si celle-ci venait à prendre du poids.

On se met à leur place, la graisse est un marqueur social qui ne trompe pas ; il n'y a que les défavorisés qui peuvent se permettre l'embonpoint. Tout le monde fuit les gros. Aussi, pourquoi perdre son temps à fréquenter ces gens qui se gavent de sodas sucrés, de chips, de charcuterie industrielle ? Ils polluent davantage que les autres, car un obèse est responsable de l'émission d'une tonne de CO_2 de plus par an qu'une personne de poids normal. De plus, leur potentiel personnel est limité : ne gagnent-ils pas moins d'argent que les minces ? Enfin, le surpoids est une maladie socialement contagieuse ; plus vous avez d'amis corpulents, plus vous avez de chances de le devenir vous-même, une étude l'affirme. *Vade retro double gras.*

Le fumeur, lui aussi, est honni par ses contemporains rongés de prévention et obsédés de sécurité. Il est banni de tous les lieux publics et, progressivement, de tous les lieux privés. Vous n'avouerez sous aucun prétexte : « Oui, je fume, j'aime ça et pas question d'arrêter ; les petits plaisirs de l'existence ne sont pas si nombreux », et direz plutôt : « Je ne fume que quelques cigarettes par jour et je compte mettre à profit les vacances pour cesser complètement. » Seuls les adolescents aliénés ou les ouvriers fument encore – de même que les Chinois. L'essentiel est que ce ne soit pas sous vos narines. Halte au tabagisme passif, la nuisance à autrui commence dès la première taffe.

Certes, on peut encore s'en griller une chez soi, à l'abri des regards désapprobateurs et des leçons de morale, mais pour peu de temps encore. Barack Obama a arrêté de fumer en 2011, c'est un signe qui ne trompe pas. Les militants non fumeurs en colère, ces amateurs vertueux de vie saine et d'hygiénisme, sont en passe de l'emporter. Le désarroi règne dans le camp des fumeurs, ces ennemis du genre humain ; leur débandade est imminente. La combustion de leur clope leur procure facilement, vraiment trop facilement, le sentiment de faire quelque chose de significatif dans ce monde absurde. Et puis une cigarette est un reproche insupportable adressé aux mille et une merveilles du monde d'aujourd'hui.

Vous vous détournerez de ceux qui polluent, dérangent, font tache dans le paysage de meilleur des mondes *ultra-clean* où chacun est heureux et bien portant, où la santé remplace toutes les autres occupations, passions, distractions. Tant pis pour ces mal-vivants s'ils meurent avant les autres, si leur espérance de vie fond comme la neige des glaciers sous le soleil du réchauffement climatique. Ils ont bien mérité le cortège de cancers de la gorge et du poumon qui ne manqueront pas d'avoir raison d'eux. La dernière liberté qui leur reste, celle de foutre en l'air leur vie, devrait leur être définitivement retirée.

Ces irresponsables ont-ils seulement pensé au coût global que leur vice fait peser sur la collectivité ? Mon père, obsédé des régimes-plaisir et farouche adversaire de la cigarette, était convaincu que ceux qui mourraient avant les autres l'avaient bien cherché. Une sorte de justice immanente de la santé, quelle idée rassurante ! À chaque décès, il s'informait : « Jacques est mort ? Comme c'est triste ! Et son alimentation ? Il négligeait les fruits et légumes, je crois ? Et… il fumait beaucoup ? » En dépit d'une diététique impeccable et d'un mode de vie sans concession, mon père a quand même fini par mourir, ce qui a beaucoup surpris. Vous, votre fabuleux destin d'Amélie Poulain, ce sera la vie sans fin.

28

Un moral de winner

Pour booster votre potentiel, il faut de toute urgence soigner la tête. Vous bossez comme un malade, vous êtes sous pression : tout ce stress est mortifère. Attention, il mène tout droit à l'épuisement sous forme de *burn out* ou de karochi (une mort subite du salarié réservée aux Japonais). Voilà des pathologies ignorées de ceux qui n'ont jamais eu à faire bonne figure devant les autres toute la journée. Oui, faire semblant est fatiguant. Et le travail n'explique pas tout. La vérité, c'est que feindre de vous éclater au travail, mais aussi en famille, au lit et à table, vous épuise.

Vous devez vous avouer que quelque chose, parfois, ne va pas bien là-haut. Seriez-vous, à l'insu de votre plein gré, un déglingué de la tête, un déchiqueté de la calebasse ? L'anxiété, les incertitudes, le mécontentement inquiet vous rongent. Vous remâchez vos abus d'alcool, vos divorces sordides et vos investissements inconsidérés. Le futur a-t-il un avenir ? Votre déséquilibre émotionnel est manifeste. Un bug menace votre indéboulonnable estime de vous-même. Faudra-t-il reformater le logiciel ? Votre vieux moi n'est plus en état de marche, vous attendez la version 3.1 ou 4.0. Vous songez même parfois à faire un truc un peu déviant, un peu dangereux, comme allumer une cigarette ; il vous vient l'idée malsaine que cela ferait de vous autre chose qu'un gamin qui se protège.

Comment vous débarrasser de vos idées noires ? Vous attendez avec impatience qu'on découvre le gène de la dépression, puisqu'on nous annonce régulièrement de nouvelles découvertes : gène de la fidélité, molécule du désir, neurones du *care*. C'est dans la nature biologique qu'il faut chercher la clé de nos comportements, de nos émotions. Votre coup de *blues* a probablement pour cause un dysfonctionnement neurochimique ; vous cacherez à votre entourage que vous prenez des cachets pour dormir, pour vous lever, et pour supporter la journée. C'est Laroxyl, zolpidem et Prozac à tous les étages. À l'*anxiolitic academy*, vous êtes champion. Vous vous rassurerez en vous disant que ces substances ne sont que des optimisateurs de personnalité.

Votre personnalité, justement, parlons-en. Vous êtes peut-être parano, schizophrène, phobique, pervers narcissique, hystérique ou *border-line*. Dans un monde submergé par la psychologie à deux balles, cette vulgate pour salle d'attente fait partie du vocabulaire courant. Les pathologies nerveuses suintent de partout : toute forme de pression est devenue du chantage psychologique ou du harcèlement moral. Le psychorigide est celui qui se permet de dire non. Celui qui ne respecte pas les usages est, cela va de soi, dans la transgression. Dans le catalogue des pathologies, si vous pouviez choisir, vous opteriez pour mégalomane, mais ce n'est pas à la portée de tous. Assuré de son bon droit et blindé par un ego surdimensionné, il n'est effleuré par aucun doute, quel veinard !

Si vos excursions dans le réel se soldent par un échec, vous tenterez une incursion dans votre moi. Tout s'explique peut-être par un traumatisme ancien, par un complexe, un déni. Allô maman bobo : votre famille vous a-t-elle tyrannisé, étouffé ? Ou au contraire vous a-t-elle trop gâté, laissé trop de liberté ? Tout s'est tramé à l'insu de votre plein gré les premières années de votre vie, puisque tout se joue avant 6 ans. Vous avez eu une mère castratrice qui menait son petit monde à la baguette, et qui a peut-être asphyxié votre capacité à aller de l'avant. Pas de cellule psychologique en vue, que faire ?

Il vous appartiendra de renverser la programmation négative de l'enfance. Au fond, les anxieux, dépressifs, stressés, hypertendus, harcelés, sont victimes de schémas de pensée démodés, la douloureuse castration ou cet indéfinissable sentiment du péché inculqué par des prêtres rétrogrades. Mort à la pulsion de mort, à la haine de soi, aux pensées négatives. Car la déprime vous fait peur : c'est une maladie de faible, seuls les *losers* ou les inadaptés ont le moral dans les chaussettes. Richard Branson, fondateur du groupe Virgin, déclare relever tous les défis avec le sourire aux lèvres. L'optimisme n'est-il pas un puissant levier pour l'action ?

Se poser des questions profondes est inutile, on risque de se noyer dedans. Finalement, qu'est-ce que la santé mentale, sinon la capacité affichée à jouer le jeu de l'économie marchande ? Pour desserrer l'étau du mal-être, vous déciderez de vous reconstruire en vous tournant vers le vaste supermarché disponible. Bien sûr, il y a le yoga ; Lakshmi Mittal, magnat de l'acier et impitoyable *cost-killer*, consacre une heure par jour à cette pratique. Mais il y a aussi le tai-chi, les traitements par la bio-énergie, l'hypnose, la méditation, l'acupuncture, la *touch therapy*, les oméga 3, les fleurs de Bach… Et les nouvelles formes de développement personnel vous aideront à maintenir le cap. Vous vous inscrirez aux formations « Trouver son identité dans un monde polyvalent », « Comment évaluer son potentiel psychique », « Gérer son intelligence émotionnelle », « Trouver le courage de faire face à son environnement », « Redéfinir avec plus de maturité son but et ses actions »… Non, le sous-développement personnel ne passera pas par vous.

29

Maximiser la marge bénéficiaire de la vie

« Qui suis-je, où vais-je ? » Des questions sur le sens de la vie vous assaillent ? La réponse est pourtant là, à portée de main et de cervelle. C'est de gagner, certes, mais c'est surtout se donner du plaisir – un plaisir mesuré et vertueux. Les loisirs, le temps libre, les RTT, les week-ends, les galeries marchandes, les rocades d'autoroute en trame serrée qui mènent vers des lieux de détente estivaux constituent son écosystème de prédilection. Vive le royaume de la Satisfaction Obligatoire !

Pour y poser le pied, il faudra batailler, s'abstraire de tous les conditionnements, défragmenter le disque dur. Que ceux qui se maltraitent, les néo-puritains, les anorexiques et autres grévistes de la faim aillent se faire voir ailleurs. Celui qui chantait en 1965 *I can get no satisfaction* est un pisse-froid, un peine-à-jouir.

Le plaisir est devenu un devoir moral, autant dire une sorte de travail. Ne pas s'éclater ? Un crime de lèse-modernité. Ne dites jamais : « Les plaisirs de la table me laissent indifférent », « Je ne comprends pas qu'on aime le vin », « Le sexe, franchement, quel intérêt ? » Un tel *coming out* ferait des vagues, vous passeriez pour celui qui a un balai dans le cul et vous susciteriez la commisération de vos proches. Quel recalé de la joie de vivre osera, à ses risques et périls, faire sauter un tabou, lever la chape de plomb ?

La France est, dit-on, plus avancée que d'autres pays sur la voie de l'hédonisme. Les Français, dont le confort a été le principal combat depuis la Libération, sont adeptes de plaisirs minuscules qui ménagent leur petite santé. Faute de joies majuscules, on a les satisfactions qu'on peut. L'épicurisme triomphe. Faites-vous du bien ! En vous en faisant, vous en ferez aux autres ! Vive l'arithmétique de la volupté et le dérèglement (mesuré) de tous les sens ! Le véritable hédonisme n'est-il pas une sculpture de soi ? Comme c'est neuf, comme c'est subversif : les classes moyennes, ces épicuriennes au petit pied qui aimeraient s'éclater, l'ont adopté comme ligne de conduite.

Le rallye du plaisir ne fait que commencer pour vous. Vous cinglerez toutes voiles dehors vers la première étape, le bien-être. Celui-ci exorcise le mal-être, la peur du déséquilibre, ces véritables épouvantails contemporains. Il jouit d'une popularité décoiffante, plus de 38 millions d'occurrences sur Google ; c'est la *Lust* finale. Sa sphère sémantique balaie très large, depuis la bougie parfumée, le gîte en Ardèche, le voyage de noces solidaire, la pommade à la lanoline pour hydrater les mamelons, les oreillers anti-âge et la prostituée thaïlandaise. Il est devenu un mot récurrent des entreprises et des discours publicitaires, et de nouveaux produits du bien-être naissent tous les jours dans les domaines des cosmétiques, de l'alimentation, des loisirs.

Sur la carte de l'éclate intégrale, l'ultime étape sera le bonheur. Vous aussi, vous y avez droit, même si personne ne sait exactement ce que c'est. Aujourd'hui, la notion de bonheur national brut, plus progressiste que le brutal

PNB, est promue par le Bhoutan, un pays qui figure parmi les plus pauvres du monde. Voilà une riche idée ! Vous chanterez l'hymne national bouthanais, « Druk tsendhen », ce sera bientôt la mélodie du nirvana. En attendant, il existe un outil interactif, l'Indice « Vivre mieux », pour jauger la qualité de vie. Chacun peut calculer son propre indice de bonheur brut[1] (BIB). Il est bon, votre BIB ? Vous en reprendrez bien encore une petite gorgée ?

---

1. Et ce grâce à « deux outils de diagnostic clinique réservés jusqu'à présent aux spécialistes » : le « niveau de satisfaction de vie », et la « balance hédonique qui évalue l'équilibre émotionnel ».

30

Je mange, donc je suis

Vous savourerez chaque instant, vous dégusterez chaque saveur, la vie est si courte ! Ah, l'exaltation des papilles, le ravissement de la langue et du palais ! Après la révolution sexuelle des années 1970, voici la révolution gustative des années 2000. Il est impératif de mettre les bouchées triples en fermant les yeux, tel un chevalier du Tastevin en action. La nourriture, une idée neuve en Europe ? Elle est en tout cas à l'origine d'un foisonnement de métiers et d'activités inédites destinées à faire l'éducation des langues : aventurier culinaire, organisateur de parcours gustatifs, animateur d'ateliers du goût, créateur d'école de cuisine nomade...

Le nombre d'émissions, de blogs et de télés consacrés à la jubilation du goût est phénoménal. Tout cela vous permettra d'être au parfum. « Masterchef », « La cuisine express de Jamie Oliver », « L'école des chefs », « Affaire de goûts », « Suivez le chef », « Escapade gourmande », « À table avec Maïté »... La plus incroyable vient d'Angleterre : « Great British Waste Menu » est un programme où des grands chefs ont pour mission de réaliser des plats dignes d'un grand restaurant avec... des détritus. N'en jetez plus.

Vous participerez avec détermination à cette frénésie gastronomico-culturelle. Seuls les nigauds dénués d'art de vivre croient encore à l'adage ancien : « Il faut manger pour vivre, non pas vivre pour manger. » La plaque chauffante, le cul de votre poêle à frire seront les nouveaux rétroviseurs de votre existence. Les goûts se discutent, sachez parler d'eux avec l'intransigeance de marxistes qui parlent de la révolution. Vous apporterez votre grain de sel aux débats culinaires de haut vol : pour ou contre la cuisine moléculaire ? Cuisine à l'huile ou cuisine au beurre ? Pierrade ou grill ? Verrines salées *versus* verrines sucrées ? La conversation qui touche le fond va de pair avec les fonds de sauce.

Sachez-le, il existe même des cours de cuisine en entreprise : secrétaires de direction, comptables, commerciaux, patrons, ils sont tous là, déguisés en petits mitrons, à cuisiner en cœur sous la houlette d'un chef cuisinier. Un jour, on peut en être sûr, il y aura des espaces gourmands dans les gares, les bordels, les bases militaires... Un essayiste français a inventé le « socialisme gourmand », probablement voué à une belle carrière politique. En attendant, certains philosophes théorisent, au risque d'une lourdeur un peu étouffe-chrétien : « La diététique est une modalité sérieuse du paganisme, sinon de l'athéisme et de l'immanence. Toute transcendance est congédiée au profit d'une volonté de soi comme gnomon du réel. » Mais lire ces élucubrations susceptibles de rendre anorexiques une armada de boulimiques n'est pas conseillé.

Le savoir-vivre a tiré sa révérence et a été supplanté par le savoir-manger. Attention où vous plantez votre fourchette, un faux pas est si vite arrivé. Vous cesserez de vous vautrer dans la graisse mono ou poly-insaturée, les acides gras trans, la graisse hydrogénée. Terminés, les barres chocolatées et les sodas sucrés. Vous devrez avoir la force de tourner le dos aux nourritures bourratives, aux déferlements wagnériens de choucroute, aux montagnes de crème pâtissière. Le courage de dire non au menu « Nuggets », car le menu « Salade » est plus conforme à votre projet de développement gustatif. Vous fuirez le McMonde et les tentations de l'aile de poulet Buffalo.

Pour un adulte, dire : « Je me suis fais plaisir, j'ai été au McDo » constitue une faute de goût. Mieux vaudra expliquer que vous ne fréquentez les chaînes de restauration rapide que pour distraire les enfants, ces gremlins amateurs de *junk-food*. Ce sont eux, et eux seuls, qui se gavent de frites, ces *Titanic* de l'alimentation raisonnée. Et tant pis si la France est l'un des plus gros marchés de McDonalds, une firme qui a conquis l'Hexagone (qui l'eût cru ?) avec ses patates rances et ses hamburgers spongieux fourrés d'une semelle caoutchouteuse.

Seuls les déséquilibrés ne mangent pas équilibré. Celui qui mange peu et absorbe des mets triés sur le volet passe pour plus raffiné (et plus intéressant) que celui qui se goinfre de frites trempées dans la sauce samouraï, andalouse ou pili-pili. Vous deviendrez donc le planificateur prudent et méthodique de vos menus. Vous mangerez comme vous vivez, c'est-à-dire sainement. Vous privilégierez les fruits et les légumes (cinq par jour). Vous choisirez avec discernement aliments, fournisseurs, boutiques. Vous n'achèterez que de la viande d'animaux qui ont vécu une belle vie – comme la vôtre.

Il y va de votre responsabilité citoyenne ; car ce qui est bon pour vous est bon pour la société. Manger, c'est accomplir quelque chose qui a du sens, participer à un projet citoyen. Vous ne croyez plus à la politique ? Eh bien, vous en ferez quand même, sans le savoir, chaque fois que vous vous mettrez à table. Comme l'affirme le *New York Times*, « l'alimentation peut changer le monde ». Une phrase forte à remâcher.

Vous vous ferez fort de maîtriser les rudiments du gâte-sauce. Apprenez dès maintenant à mijoter, rissoler, dorer, blanchir, faire revenir, frire, bouillir, étuver, gratiner, tuyauter, garnir, barder, déglacer, mariner, napper, paner, saisir, pétrir (et… rater). Je connais un snobissime éditeur new-yorkais très fier de savoir préparer le consommé, ce bouillon pâlot et fadasse que ma grand-mère me mitonnait jadis quand j'étais malade. Je n'aurais jamais soupçonné que ce breuvage puisse devenir un jour le fin du fin gastronomique.

Savoir mitonner soi-même des mets est devenu indispensable, non pas tant pour se nourrir que pour marquer les esprits par un boniment convivial. La préparation de la pomme de terre en robe des champs, la belle aventure du gaspacho de maïs ou de la tomate Bocconcini passionnent les foules. « Sais-tu préparer l'écureuil au cumin ? Non ? C'est génial pour un dîner aux chandelles. Je te raconte. Alors d'abord je fais cuire les pattes au court-bouillon, dès qu'elles ont pris une belle couleur cuivrée, je rajoute du thym et du romarin et je fais saisir à feux doux… » Connaître la recette d'un plat décadent constituera un *must* susceptible d'impressionner vos proches. Votre cœur balance : la fondue au chocolat, le kangourou aux figues ou la girafe aux anchois ? Dans le monde professionnel, ce genre de baratin gustatif est un atout décisif pour faire son chemin : si j'en crois mes souvenirs, la nourriture absorbe près de 50 % du cerveau disponible du salarié.

31

Les faux-jetons durent longtemps

Bien-être, exercice, alimentation sont les trois mamelles de la santé. Elles vous permettront de capitaliser sur votre espérance de vie et de reporter aux calendes grecques votre date de péremption. Vous mentirez sur votre date de naissance, éviterez de dire « De mon temps » ou « Quand j'étais jeune », des formules qui vous datent au carbone 14 et donnent à penser que vous êtes né sous l'Ancien Régime. Vous répéterez avec conviction : « Le temps est mon partenaire » – s'il ne fait pas faillite, il va vous accompagner très loin. La sénescence n'est-elle pas une insulte à l'humanité ? La mort, un impensable scandale ?

Il est manifeste que ceux qui arrangent un peu la réalité durent longtemps. Comme José Manuel Barroso, ex-maoïste occupant le poste de président de la Commission européenne depuis 2004 ou George Soros, le spéculateur milliardaire né en 1930, qui n'a rien trouvé de mieux pour effectuer son *come-back* médiatique que de soutenir le mouvement protestataire Occupy Wall Street. Ou encore Daniel Ortega, ex-guérillero révolutionnaire des années 1970 qui, parvenu au sommet de l'État nicaraguayen, s'est allié à la conservatrice Église catholique et a interdit l'avortement.

Imitez-les ; vous avez l'intention de jouer les prolongations. De papillonner sans fin, de projets irréprochables en offres qu'on ne peut pas refuser, comme si vous enchaîniez les parties de flipper. L'important, c'est de toujours aller de l'avant. Qui a dit que vivre, c'est apprendre à mourir ? Un fâcheux, certainement. Non, vivre, c'est parvenir à vieillir longtemps en feignant d'être toujours jeune. Bref, c'est apprendre à durer, contrairement aux ordinateurs, téléphones portables et autres gadgets programmés pour se détraquer très vite. On n'a pas encore entendu parler de la durabilité du 4e âge, ni des bilans de compétences dans les maisons de retraite, mais cela ne saurait tarder.

Attention, monument en péril : votre capital santé est menacé. Des douleurs délocalisées vous taraudent, signes que d'horribles maladies sont en embuscade. Bien sûr, le secret de votre longévité réside dans les gènes, mais, pour l'instant, ils restent muets. Cela fait des années que vous vivez avec le spectre de la tumeur, du cancer, de la métastase, de l'embolie, du lymphome, du fibrome, du sarcome. Vous les combattrez avec force bilans de santé, endoscopies, scanners et dépistages en tout genre. De plus, un naturopathe, un iridologue, un lithothérapeute veilleront sur vous. Tout individu bien portant, de nos jours, est un malade qui ne s'ignore pas.

Motus et bouche cousue sur les maux dont vous souffrez ; avouer qu'on est malade est un aveu de faiblesse, et susciter la pitié écornerait votre image de *winner*. Et puis, quand la sympathie se dissipe, les gens se rappellent votre faiblesse et, un jour, ils vous font un croche-pied sournois. C'est probablement pour cela que Steve Jobs, fondateur d'Apple, a caché pendant plusieurs années la gravité du cancer qui l'a emporté en 2011 – ou peut-être aussi parce qu'il espérait mettre au point une nouvelle i-cochonnerie avant de tirer sa révérence.

Le nombre de centenaires explose et, à l'image de tous ces gens qui ne s'encombrent pas d'affects et puisent dans la vie comme dans une boîte à outils, vous pourrez vivre 120 ans. Vous êtes ravi, et vous vous exclamez, paraphrasant vos enfants (qui vivront peut-être jusqu'à 140 ans) : « Wao, mortel, je kiffe grave. » Le grand âge sera notre dernière frontière. Vous marcherez dans les traces de Jeanne Calment, la Française ex-doyenne de l'humanité, morte à l'âge canonique de 122 ans. Quant à l'ex-homme le plus âgé d'Europe, le Belge Jan Goossenaerts, 111 ans, il a livré ses secrets avant de mourir : « Travailler dur, se coucher tôt et étaler beaucoup de sirop de Liège sur sa tartine. » Dans ces conditions, vous hésiterez quand même un peu à signer pour le long voyage vers le 5e, voire le 6e âge... Question : quelqu'un, à force de persévérer dans son être, est-il déjà parvenu au 7e ciel ?

Hélas, tout a une fin, même la longévité. Le moment venu, vous lutterez avec courage contre la maladie. Jusqu'à la dernière minute, vous croirez à votre éventuelle guérison. Vous ne perdrez pas une occasion de combattre le mal, sauf si l'Alzheimer a frappé. Vous ne mourrez pas de mort naturelle (la mort ne l'est plus) mais, selon les formules consacrées, d'une longue maladie, d'une mauvaise chute ou d'une intervention bénigne. Avec tout le temps que vous avez consacré à soigner votre ligne, vous laisserez derrière vous un beau cadavre. Tant mieux, après tout seule la mort est durable.

À l'heure de votre disparition, vous deviendrez, à votre corps défendant, un déserteur de la positive attitude – vous causerez donc une grande déception à vos proches. Mais ils se féliciteront que la médecine vous ait permis de mieux vivre votre mort grâce à un efficace accompagnement de votre fin de vie. Et ils entameront ensuite un travail de deuil. Un site médical nous explique que ce « douloureux travail intérieur, organisé en trois phases, sidération-déni-adaptation », ne dure qu'environ deux ans. Une nouvelle réconfortante pour votre entourage : souffrir, au fond, n'est qu'une perte de temps et un gaspillage d'énergie.

Le mytho-man chez lui

Réussir sa mort est une chose, il faut d'abord réussir sa vie. Pour cela, il sera indispensable de nouer des relations à la fois gratifiantes et utiles avec les autres. Jean-Paul Sartre, auteur de la phrase célèbre « L'enfer, c'est les autres », aurait eu grand besoin de leçons de convivialité. Ne l'imitez pas, lissez vos rapports avec votre entourage, vos partenaires de lit et de vie, vos enfants et vos parents. Les autres ? Rien que du bonheur, proclamerez-vous. Vous utiliserez les mêmes ficelles qu'au boulot : vous ferez semblant de vous éclater, vous communiquerez et napperez vos propos de bons sentiments. L'hypocrisie n'est-elle pas un humanisme ?

32

Jouir, un devoir moral

Ah jouir, le pied ! Vous serez un adepte de la mythique révolution sexuelle qui continue à propager ses ondes de choc. Puisque l'humanité a tourné la page des rapports fades et codifiés, vous voilà l'héritier pétulant de Henry Miller, le petit-fils décomplexé de Sade, la disciple débridée de Catherine Millet. Plus de tabous : la libido, débarrassée de ses embarrassantes conséquences procréatrices, est libre, naturelle et innocente. Comme chez nos amies les bêtes : les êtres humains ne sont-ils pas avant tout des animaux ? Des singes bonobos, ces sympathiques animaux débonnaires qui baisent à tout-va dans les arbres ?

Vous montrerez une ferveur jamais démentie dans les explorations physiologiques et les progressions épidermiques. Si l'on en croit de nombreux romans (souvent écrits par des hommes), la femme moderne pratique spontanément la fellation, qui ajoute un petit plus à la situation et amorce une relation sexuelle satisfaisante. Lectrice, vous aussi vous devrez de faire des gâteries à votre partenaire afin de l'aider à être performant. Il est hanté par le spectre de la débandade, préoccupé par la taille de son pénis, convaincu que les hommes sexuellement maladroits sont les équivalents des bureaucrates d'une économie dirigée. Il a si peur de la panne – ne pas assurer, quelle humiliation !

Libérée, oui, vous êtes libérée ! Vous vous libérerez à chaque instant. Lectrice, au lit vous serez hyperactive, et vous vous hâterez d'essayer toutes les positions connues de l'espèce. Ne pas pour autant vous conduire comme une grosse vicieuse, car cela nuirait à l'image de la femme. Ni prude ni salope devra être votre devise. Pas facile. Vous naviguerez entre les deux écueils qui sont 1) Les sous-vêtements soviétiques d'une décourageante austérité ; 2) L'approche directe sans préambule, du style : « On baise tout de suite ? Sinon je rentre chez moi, il commence à se faire tard et j'ai une réunion demain. »

La félicité sexuelle est le droit de tout un chacun. Pour une femme, prendre son pied au lit est même un devoir moral. Car les mœurs ont évolué. Nos grands-mères, qui parlaient du devoir conjugal, ne savaient pas jouir ; nous, oui, nous nous sommes réapproprié notre sexualité, ce territoire négligé du féminin. Vous ne sentez rien au moment de l'acte ? Vous ferez semblant ; c'est le plus vieil artifice féminin du monde. Meg Ryan, dans le film *Quand Harry rencontre Sally*, vous a montré comment pousser des râles langoureux pour feindre l'orgasme. Des études prouvent que la durée moyenne d'un rapport sexuel après pénétration est de seulement trois minutes, alors vous n'aurez pas à gémir bien longtemps.

Tout échec orgasmique est un Waterloo idéologique pour les tenants de la sexologie de la libération. Pourtant, vous ne lésinerez jamais sur la lingerie fine, le champagne, l'encens, les parfums, les huiles, les *sex-toys*, les bains moussants. Alors, pourquoi l'équation érotique de la nuit vous échappe-t-elle ? C'est peut-être parce que nous vivons dans un monde sexuellement opprimé, sous le sombre esclavage du catholicisme, du fondamentalisme et de l'ignorance. Mais cela n'explique pas tout ; souffririez-vous d'un problème de libido ? D'un blocage ? Peut-être n'assumez-vous pas votre part masculine. C'est bien connu, chacun porte en lui une bisexualité variable ; nous sommes tous en même temps homme et femme, avec des proportions inégales. Être bi, c'est le B-A BA d'une trajectoire érotique réussie.

33

L'amour zéro risque

Même quand on compte les toiles d'araignées au plafond, le sexe est bon pour la peau. Mesdames, vous profiterez de la mode de l'éjaculation faciale pour vous faire un masque de beauté sans bourse délier. Le sexe est bon pour la santé, à condition de le dédramatiser, de le mettre à la place qui convient. Grâce à une vision réaliste et saine du corps, la sexualité est devenue rationnelle, égalitaire et citoyenne. Surtout, vous prendrez garde de ne pas l'investir de significations symboliques. Seuls des tordus ont pu avoir l'idée qu'une part maudite accompagne l'érotisme comme une ombre. Seuls des anorexiques du plaisir pensent que le lit est une impitoyable scène où les protagonistes s'observent, s'évaluent, se jaugent.

Vous espérerez avoir été à la hauteur car vous serez probablement amené à revoir votre partenaire dans le milieu professionnel : une fois sur deux, c'est là que vous l'avez rencontré. Vous attendrez de voir s'il vous recontacte, en gardant vos distances. Car vous êtes érotico-flexible, et ouvert à d'autres opportunités. Vous condamnez la jalousie et la possessivité, qui viennent bafouer le sacro-saint respect de l'autre. Vous réprouvez la dépendance, même si vous vivez suspendu à votre tablette tactile communicante ou à votre smartphone. Rien n'est plus pénible qu'un pot de colle qui vous téléphone 40 fois par jour et vous noie d'e-mails – n'est-ce pas du harcèlement ?

Vous serez en quête d'une relation fluide. Vous aurez besoin d'espace, car l'espace c'est vital. Préserver son biotope est la base d'une saine écologie amoureuse. Pour faire passer le message, vous lui offrirez *L'Amour liquide* de Zygmunt Bauman, cet essai qui décrit la fragilité des liens sentimentaux aujourd'hui. Si votre partenaire ne comprend pas, c'est qu'il ou elle ne mérite pas que vous vous attardiez plus longtemps. Et s'il souffre, c'est son affaire, n'est-ce pas ? Pas la peine de perdre son temps avec des gens qui exigent, qui dérangent, qui vous prennent la tête et vous pompent l'air.

Pourtant, à la longue, vous finirez par être las du consumérisme amoureux. Vous serez fatigué des plans d'une nuit, des filles/mecs tombés du camion, des promos du jour. Vous souhaiterez optimiser votre vie sexuelle dans une relation interactive durable avec un partenaire privilégié. Hélas, les sites de rencontre, ça ne marche pas pour rencontrer l'âme sœur. Vous vous demanderez pourquoi la femme idéale ou le prince charmant ne s'y trouvent pas. Peut-être parce que tout le monde s'y survend un peu, vous le premier : Monsieur, vous avez arrondi votre taille à 1,90 m alors que vous culminez à 1,78 m. Madame, vous vous prétendez une vraie blonde alors que vous êtes banalement châtain avec, il est vrai, des reflets lumineux. En plus, le poids que vous annoncez est celui d'il y a quatre ans, quand vous avez fait un régime…

À considérer les autres comme des produits jetables après consommation, vous risquez de vous faire jeter à votre tour. Le début d'une relation est donc une période à risque. Vous vous protégerez : dans ce jeu de poker, pas question d'être gentil. Le gentil offre deux douzaines de roses dès le premier rendez-vous ; la gentille se met en quatre pour préparer à son chéri un bel apéro dînatoire. Les gentils ont tout faux. Vous ferez poiroter votre partenaire, vous ne serez pas libre tout le temps. Vous inventerez des demi-rendez-vous et susurrerez des demi-promesses. Ces zones de flou entretiendront à votre avantage le regard incertain des premiers jours.

Pour susciter et alimenter le désir, il sera indispensable d'organiser savamment le manque. Rien de plus gavant que la disponibilité lourde de celui qui se jette à la tête de l'autre. Inutile de passer des heures à attendre un SMS ou un e-mail. Ne pas se dévaloriser en tentant à tout prix de l'impressionner. Puisque sortir avec vous est un *challenge*, le trophée, c'est vous. Si vous êtes amoureux, vous ferez semblant de ne pas l'être. Vous pratiquerez l'implication dégagée, ce véritable bouclier anti-émotions vous protégera des blessures causées par les flèches de Cupidon. L'amour n'est-il pas un risque inutile ? Le site de rencontre Meetic le clame : « On peut être amoureux sans être amoureux. » Vive les tête-à-tête zéro défaut garantis sur facture.

34

Valoriser son couple

Ah, le couple ! Il est l'oasis au sein du désert humain. Il abrite la chaleur, la simplicité, la vérité. Il incarne l'idéal de l'honnête citoyen ne s'occupant que de vivre tranquillement, qui coule avec sa moitié une existence paisible. Comme dans les publicités pour le Crédit immobilier : deux jeunes gens séduisants en bleu de travail, rouleaux de peinture à portée de main, qui sortent des assiettes d'un meuble ancien avant de s'affaler dans un bon vieux canapé.

Vous rêverez d'une rencontre valorisante, qui vous tire vers le haut – quelqu'un avec qui vous pourrez constituer une équipe. Oui, vous ambitionnerez de former une *dream team* avec l'élu de votre cœur. Car un couple est plus fort, socialement et professionnellement, que chacun des membres pris isolément. Il possède davantage d'influence, davantage de facilités à modifier le cours des choses. Et puis, mutualiser les réseaux a un effet multiplicateur sur le patrimoine. La vie à deux est donc à la sphère privée ce que la fusion-acquisition est à l'entreprise. « La couplaison est devenue une marchandise », reconnaît l'écrivain Philippe Sollers, marié à l'intellectuelle Julia Kristeva.

L'aspiration à créer un couple est d'autant plus forte que le célibataire a mauvaise presse. Quand il est un homme, il est soupçonné d'être incivique ou égoïste. Il se déprave dans la *célib-attitude* : vaisselle sale, linge qui jonche le sol, plats surgelés, plateaux télé avec un match de foot, zapping pour mater un film porno sur le câble... Quand il est une femme, c'est une victime d'une société déshumanisée, qui souffre de la solitude ; passé trente ans, son horloge biologique s'accélère. Ce qui signifie : la pauvre fille aux abois est prête à se jeter au cou du premier venu. Encore quelques années, et la décrépitude ovarienne fera de son existence une coquille vide dénuée de sens. Bref, elle est une future-déjà-vieille fille, une laissée-pour-compte du mercato de l'âme sœur.

Une fois installé avec votre moitié, vous vous efforcerez de rester maître de vos émotions et d'éviter les conflits. Vous communiquerez – mais quoi ? Peu importe, si vous parlez tout le temps, un message finira par passer. Vous brandirez l'évangile du dialogue entre les sexes : « Je crois qu'il faut dynamiser notre couple par le dialogue. Surmontons les non-dits. Il est possible d'avoir un échange de vues sans se disputer. » Vous fuirez les crises de nerf, les prises de bec, les prises de tête, tous ces moments pénibles où la tension est palpable. La colère est mauvaise conseillère, et elle est surtout mauvaise pour la santé.

Lecteur, vous vous débrouillerez pour que votre compagne abatte 80 % du travail domestique. Pourquoi empiéteriez-vous sur le domaine des femmes ? Elles ont la main pour s'occuper des autres. La preuve, elles sont surreprésentées dans les domaines professionnels du soin, de l'éducation, du social. Ce n'est pas un hasard. Ne sont-elles pas au cœur de la vie ? Les enfants, la maison, c'est leur affaire. Et puis une assistante personnelle *embedded* à la maison, quelle aubaine ! Vous descendrez la poubelle et changerez les ampoules, c'est déjà pas mal, non ? « Je suis pour le rééquilibrage des tâches ménagères », répéterez-vous. Les valeurs, c'est important, et y faire référence souvent ne mange pas de pain.

Comme c'est vous, Monsieur, qui gagnez le plus d'argent, vous ne voyez pas pourquoi vous devriez repenser le contrat conjugal. La condition des femmes n'a-t-elle pas beaucoup progressé ? Les choses ne vont-elles pas dans le bon sens ? De toute façon, votre carrière professionnelle exige que vous assistiez à des réunions tardives et que vous partiez en déplacement. Pour rien au monde vous n'admettriez que ce qui fait le propre du mâle, c'est de rentrer le plus tard possible à la maison pour éviter les corvées domestiques. Vous vous lamenterez, un trémolo dans la voix : « Comme le temps passe vite ! Je n'ai le temps de profiter de rien. »

Au fond, ainsi, l'harmonie sera préservée. Vive le statu quo. Votre moitié se consolera : une étude américaine montre qu'une femme qui gagne plus que son mari a plus de risque d'être trompée qu'une autre. Et puis les sexes n'ont-ils pas été créés pour être complémentaires ? Du temps de la préhistoire, l'homme partait chasser, la femme restait dans la grotte à alimenter le feu et épouiller les enfants, les archéologues l'ont montré. Clamer à qui veut l'entendre, la bouche en cœur : « Les femmes sont plus fortes que les hommes », « Elles sont merveilleuses », « Le futur est femme », « Le XXIe siècle sera féminin ou ne sera pas »…

Mesdames, vous laisserez couler le grand fleuve des discriminations. Pester, revendiquer, exiger feraient fuir de potentiels employeurs, d'éventuels prétendants et des maris à bout de patience. Car les épouses mises au rebut avec leur marmaille ressemblent à des ouvriers licenciés d'une usine de Trabant. Plutôt que d'être une laissée-pour-compte de la conjugalité, mieux vaut préserver les équilibres. Le seul moyen de s'en sortir dans un monde conçu par et pour les hommes : faire bonne figure, se prétendre satisfaite de l'état des choses.

Pourquoi remettre en cause les stéréotypes, si rassurants ? Les hommes sont solides, dominants, compétitifs, bons en maths ; les femmes attentives, douces, sensibles, sérieuses, incapables de lire une carte, et, bien sûr, mères. C'est la théorie des deux cerveaux qui nous livre la clé de ces irréductibles différences : les compétences des femmes pour les langues seraient dues à un hémisphère gauche dominant, tandis que les meilleures performances des hommes dans l'orientation spatiale et les sciences résulteraient d'un hémisphère droit plus performant. Miracle, tout s'explique par la biologie !

Affirmer bien fort : « Je ne suis pas féministe. » Cela permettra de rassurer votre interlocuteur en signifiant : 1) Que vous vous épilez les jambes ; 2) Que vous acceptez de vous laisser inviter au restaurant ; 3) Que vous n'avez pas lu *Scum manifesto*, ce pamphlet d'une Américaine dérangée qui propose d'émasculer les hommes. Toutefois, vous ajouterez à la fin de votre phrase, afin de montrer qu'il ne faut pas trop vous marcher sur les pieds, un petit « Mais... » discret ; pour qui sait tendre l'oreille, il sonnera comme une menace voilée. Ah mais !

35

Brandir la carte postale de la famille

Le couple mène tout droit à la famille, cette forme suprêmement évoluée de la vie humaine. Quand on pense qu'il y a eu des gens qui ont rêvé (les fous) de lui échapper ! Des dégénérés qui ont osé écrire, trempant leur plume dans une bile noire, « Familles, je vous hais » ! C'était un autre temps, et elle est aujourd'hui une valeur consensuelle quasiment taboue. La famille, c'est le bonheur. Vous pratiquerez le récit révisionniste, enfilerez le masque du bon petit père, de la bonne petite mère, du bon fils ou de la bonne fille. À condition d'occulter les crises de nerfs, les crêpages de chignon, les querelles d'héritage, voilà votre mythologie familiale plus rassurante que la vraie. Non, votre famille n'est pas dysfonctionnelle, quelle idée !

On nous vend les mérites de la famille nouvelle manière, la famille recomposée. Naturellement, vous êtes pour, de même que vous êtes pour le bonheur et le soleil. C'est un défi à relever après avoir divorcé – un divorce créatif, qui vous a permis de recalibrer votre vie sentimentale et de mettre à l'épreuve votre *conjugalo-flexibilité*. Bien sûr, Mesdames, ce sera une double peine pour vous car, en plus de vos propres gamins, vous devrez prendre en charge ceux de votre nouveau mari (des pestes qui, bien souvent, vous détestent). Mais mieux vaut un ménage recomposé qu'un foyer monoparental, donc une famille *décomposée*, ce vrai problème dans un monde épris d'équilibre et d'épanouissement.

Le véritable pilier de la famille, ce n'est pas le couple, c'est l'enfant. En avoir est merveilleux. Il sera la preuve de votre ancrage dans la vraie vie : au fond, il est la seule chose que vous ayez. Car vous évoluez dans un monde incertain où rien ne vous appartient vraiment, ni votre existence, ni votre maison, ni votre travail. Mais il sera surtout le signe de votre réussite sociale. Mieux qu'une voiture de sport ou qu'une résidence secondaire, il constitue à lui tout seul un signe extérieur de richesse. Le coût moyen d'un gamin, de sa naissance jusqu'au moment où il gagne enfin sa vie, est en moyenne de 100 000 à 300 000 euros par famille. Un véritable investissement. Aussi, dans les pays développés, se reproduire est-il devenu un marqueur social d'aisance.

« Il est trop mimi » : vous parlerez de votre enfant à tout propos – une manière comme une autre de river le clou aux autres parents, qui, eux aussi, s'efforcent de dévier le cours de la conversation vers leur gosse. Plus fort qu'un *it-bag*, vous l'exhiberez sans retenue. Penser à immortaliser ses doudous, ses rots, et ses jolies bottes roses sur Facebook. Vous glisserez une photo de lui dans votre portefeuille pour pouvoir la brandir, vous en afficherez une en fond d'écran de votre iPad, et une autre encadrée sur votre bureau. Cela impressionnera vos collègues et, si vous êtes un homme, cela facilitera votre trajectoire ascendante : les pères de famille sont perçus comme responsables et fiables.

Le salarié idéal est un père assagi, consensuel et terne, politiquement incolore.

Bien sûr, il vous viendra parfois à l'idée que la planète est surpeuplée. Depuis que vous avez commencé à lire ce livre, la population mondiale s'est accrue de 7 millions d'êtres humains prêts à abattre des forêts, polluer les fleuves, bitumer les prairies, jeter des déchets en plastique dans l'océan Pacifique, brûler de l'essence et du charbon et exterminer d'autres espèces. En 2050, nous serons neuf milliards sur terre. Toujours plus de gratte-ciel, de lignes électriques, d'antennes relais, d'échangeurs autoroutiers. Mais vous aurez bonne conscience : la responsabilité de tout ce monde qui grouille partout incombe aux gens démunis ou sans instruction. Dans votre for intérieur, vous militez pour le préservatif obligatoire dans les pays pauvres.

Contrairement à ces gens qui se reproduisent comme les lapins, vous, vous aurez voulu vos enfants. Vous les aurez planifiés, désirés, attendus avec fièvre. L'accouchement aura été, bien entendu, le plus beau jour de votre vie – Mesdames, vous préférerez oublier que vous avez souffert le martyre. Vous avez vu la lumière quand vous avez été confronté pour la première fois à un nourrisson, cette chose bleuâtre et chauve. Vos amis vous l'avaient dit : quand on est parent, on n'a plus les mêmes valeurs. Le véritable sens de l'existence, c'est de donner la vie. Il vous arrivera de penser que c'est un horizon un peu limité, mais l'être humain n'est-il pas, avant tout, un animal dominé par l'instinct de reproduction ?

36

Chanter la berceuse de la maternité heureuse

Les enfants sont notre avenir, la maternité est devenue une urgente obligation. En vous consacrant à nos chères têtes blondes, Mesdames, vous travaillerez à réenchanter le monde et à le sauver. Les mamans (un mot à prononcer avec un soupir de sentimentalité extasiée) ont lancé une OPA sur l'épanouissement. L'enfant ne prouve-t-il pas qu'elles savent se projeter dans l'avenir, qu'elles sont équilibrées et qu'elles sont de bonnes citoyennes ?

Et puis, quelle est l'activité préférée du couple le plus célèbre du monde, Angelina Jolie et Brad Pitt ? Pouponner – ils ont six gosses. Hourra ! Il en est de même pour Victoria et David Beckham, quatre enfants. Quant à Lady Gaga, elle souhaite en adopter trois. Mais tous ces *people* trichent, car ils ont les moyens de s'entourer d'une armada de petites mains qui pouponnent à leur place. Bonjour l'image de la parentalité retouchée par Photoshop.

Vous appartenez à la classe moyenne et vous devez vous occuper vous-même des enfants ? Aïe, aïe, aïe… Vous devrez vous résigner à la double journée, au pavillon dans la banlieue d'une banlieue, aux hurlements le soir après le stress de la journée de boulot. Vous épuiserez votre énergie à gagner votre croûte et à pouponner. Vous serez débordée, dépassée par un tas d'imprévus ; ne pas dire : « Je n'en peux plus, les gosses, quel piège ! », mais répéter à qui veut l'entendre : « T'inquiète, je gère. Être maman, quel bonheur ! »

À force de courir d'un endroit à un autre, vous aurez l'impression de devenir transparente, pour ne pas dire invisible. Votre potentiel érotique sera en chute libre. Vous commencerez à comprendre pourquoi Coco Chanel, Anaïs Nin ou Simone de Beauvoir n'ont pas voulu procréer : pour vivre leur vie, tout simplement. Mais vous déclarerez crânement : « Rien n'est plus beau qu'un sourire d'enfant. » Comme il n'est pas le fruit du hasard ou d'une rencontre fugace, il n'est pas envisageable de regretter ouvertement qu'il soit né – des arrière-pensées amères frappées d'ostracisme.

Combien d'années faudra-t-il encore pour qu'il apprenne à ranger sa chambre et à faire ses devoirs sans que vous ayez à batailler des heures ? Vite, qu'il commence à se débrouiller un peu seul. Vous barrez les jours et les mois sur votre calendrier, comme c'est long l'enfance… Pour vous, la vie débutera à 50 ans, quand il sera grand. Enfin, vous pourrez trop boire, faire la bamboula et coucher avec des inconnus sans vous sentir coupable. Pour conjurer ces inavouables désirs, vous servirez à qui veut l'entendre le marshmallow de la déploration devant la fuite du temps : « Ça passe si vite ! Je ne le vois pas grandir. »

Imaginons que vous cessiez de bosser pour vous occuper des enfants[1]. Cela représente quinze à vingt ans consacrés

---

1. C'est pourtant de la ménagère que vient le « manager » des Anglo-Saxons. Pour mémoire, Sully, ministre d'Henri IV, fut le « bon

à un non-emploi non rémunéré. Pendant ce temps-là, votre valeur sur le marché du travail baissera inexorablement. Pourtant, vous assumerez à la maison toute une gamme de fonctions très diversifiées : nourrice, cuisinière, éducatrice, conseillère d'orientation, infirmière, pédagogue, chauffeur, secrétaire... Mais le jeu de chaises musicales du boulot donnera systématiquement la préférence à des jeunots fadouilles et inexpérimentés (la preuve, s'il était besoin, que le vrai travail n'intéresse pas les entreprises).

Malgré tout, vous tenterez de vous persuader que vous avez pris la bonne route. Vous plaindrez bruyamment celles qui sont condamnées à la solitude : elles, elles n'auront personne pour leur rendre visite à Noël dans leur résidence pour seniors (et pour en payer les factures). Tant pis pour elles, c'est leur choix. Vous vous justifierez en vous abritant derrière le naturel qui, c'est bien connu, revient au galop : la nature des femmes, c'est d'enfanter. Vous répéterez avec conviction : « Nous les femmes, on sait ce qui est important, on s'occupe des enfants » ; « L'instinct maternel, c'est biologique. » Roucouler de tendresse pour leur progéniture, les femmes sont comme ça, c'est inscrit dans leur ADN. Aussi sont-elles moins ambitieuses que les hommes – peut-être est-ce une question de testostérone. Tes-to-sté-rone, répétez après moi, pas tête-de-nœud.

Vous vous cramponnerez à un inattaquable optimiste de façade : tirer la gueule donne des rides et rend les enfants encore plus pénibles. Vous vous direz que « ça

---

mesnager » du doux royaume de France. Hélas, les temps ont changé et le lien sémantique s'est rompu.

pourrait être pire », une phrase qui a toujours donné du courage, même aux condamnés à perpétuité. Vous attendrez comme le Messie les nouveaux pères, qui doivent soi-disant prendre la relève des anciens, quelque peu blanchis sous le harnois. Cela fait trente ans qu'on annonce leur arrivée, mais pas de nouvelles à ce jour. Une grève des chemins de fer ou une panne de camion les aura certainement retenus.

37

Offrir à ses enfants une éducation bisounours

Voir grandir son enfant, c'est merveilleux. C'est le plus beau des spectacles. L'éducation de votre bout de chou sera votre priorité, cela va sans dire. Vous devrez donc vous montrer disponible, souriant, attentif, pédagogue et responsable – un peu comme au travail. Vous serez débordé : la société exige des parents modernes des performances dignes de Superman ou de Superwoman. Il existe certes un moyen de libérer votre agenda une semaine sur deux pour vous éclater un peu : la garde alternée. Mais cette solution harmonieuse est réservée aux couples en crise.

Comment éduquer les enfants ? Dans l'amour du beau, du juste, du savoir ? Que nenni ! Le beau ne sert à rien qu'à fabriquer des rêveurs et des songe-creux. Le juste engendre des idéalistes en porte à faux par rapport au monde de compétition où nous vivons. Le savoir est inutile, l'un des paradoxes de la société de la matière grise est qu'elle engendre de plus en plus d'emplois à faible niveau de qualification. Il est clair que l'économie a besoin de travailleurs adaptables et de consommateurs soumis, pas de main-d'œuvre qualifiée ou d'acheteurs critiques. Mais alors, *quid* de la société du savoir où la connaissance est devenue un atout majeur ? Nous aurait-on menti ? Vous voilà perplexe.

Vous vous demanderez ce que va devenir votre rejeton dans ce monde impitoyable s'il se contente de suivre les règles sans les contourner, les adapter ou les modifier. Il sera toujours en retard, largué, corseté par des commandements rigides et inapplicables, incapable d'innover. Un *loser*, quoi. Peut-être faudra-t-il lui dire la vérité. Il comprendra. Votre enfant est intelligent – d'abord parce que c'est votre enfant. Et puis parce que, dès sa tendre enfance, vous l'avez stimulé pour accroître son potentiel : bébé nageurs, jouets futés, ateliers de cirque... Puis, vous avez passé des heures à lui faire faire ses devoirs : ouf, quelle corvée !

Vous croirez en les capacités de votre futur Einstein, même si ses professeurs ne s'aperçoivent pas qu'il est un génie. Vite, que ses prouesses vous permettent d'en mettre plein la vue à votre famille, vos proches et vos voisins ! En attendant qu'il révèle ses talents cachés, vous serez un parent conciliant, compréhensif et anti-autoritaire. Pas question d'être directif ; vous ne lui direz jamais non, du moins pas de manière abrupte. Cela pourrait le frustrer, nuire à sa créativité, l'empêcher de se réaliser. Impensable d'élever à la schlague ce témoin et garant de votre épanouissement.

Dans le passé, il arrivait qu'on s'en prenne au monde des parents, à leurs principes moisis, leurs commandements pénibles et leurs interdits. Tout cela est révolu. Pour autant, il ne faut pas s'y tromper, cette attitude permissive masque un système rigoureux de contrôles, d'autant plus efficace qu'elle évite la confrontation directe entre le parent et l'enfant. Les autorités délèguent le soin de discipliner à d'autres, afin de pouvoir se présenter comme conseiller, médiateur ou ami.

Vous vous reposerez donc sur les médecins, les psys et les pédagogues, ce sont eux qui imposeront des règles à votre rejeton. S'il refuse de manger, le toubib interviendra ; s'il est indiscipliné, ce sera au psy d'officier - peut-être est-il hyperactif, donc malade, puisque seuls les malades refusent d'obéir. En cas de conflit lié à l'exercice de l'autorité, se tourner vers le médiateur familial. Mais ce seront ses petits camarades qui, à force de brimades, moqueries, insultes et croche-pieds, assureront la délicate mission de le socialiser. Et, surtout, l'école elle-même, où il va apprendre à se taire, rester assis, arriver à l'heure, débiter le catéchisme collectif et obéir sans discuter. Tous ces intermédiaires vous débarrasseront de ce qui est votre problème (l'insubordination) pour en faire celui de l'enfant. Externaliser les difficultés vous permettra de jouir d'un bonheur sans arrière-pensée en famille.

38

Fier de votre enfant-boulet

« Et les enfants, ça va ? » est la sempiternelle question à laquelle vous devez vous préparer à répondre. Oui, votre enfant va bien, il va toujours bien. Tout baigne et baignera pour lui, en toutes circonstances, même s'il retriple sa sixième, s'il est à l'hôpital pour coma éthylique ou s'il est en prison pour trafic de drogue, comme le fils de Michael Douglas. De toute façon, vous préférerez mourir plutôt que de reconnaître que votre enfant vous déçoit. Hélas, l'enfant merveilleux, ce réceptacle et miroir de vos aspirations, grandit. Il devient un préadolescent marié à sa Gameboy, un ado accro à son ordinateur, un jeune désinvolte et mollasson. Le ticket qui vous donnait accès au territoire de l'émerveillement a cessé d'être valable.

Il ressemble à tous les jeunes de son âge, avec ses chaussures Nike (à moins que ce ne soit des baskets Converse) et ses sweaters American Apparel. Quand vous sortez, vous avez l'impression de voir des clones de votre rejeton à tous les carrefours, des filles moulées en pantalons slim et des garçons en jeans taille basse découvrant leur caleçon. Tous noyés dans le magma égalitaire et la similitude enragée. Comme vous, finalement, puisque, le seul jour où il est venu vous chercher à votre travail, il ne vous a pas reconnu. Il y a tellement de salariés en costume-cravate sur le parvis du quartier d'affaires où vous travaillez...

Je-m'en-foutiste, votre gosse biberonne depuis des années le lait de l'épanouissement obligatoire. Avec son petit côté alien venu de la planète des Gâtés, il a la conscience éthique d'une éponge de mer. À votre grand regret, il ne fait pas de *fundraising* pour un village du Costa Rica, ne s'investit pas pour aider les mères célibataires du Malawi, n'organise pas de *sit-in* pour la préservation des koalas. Il fume dans sa chambre : peut-être est-ce le moment, par un *speech* bien senti, de débanaliser la drogue.

Il éructe « je gère » pour dire oui, « c'est mort » à la place de non, et « ya moyen » au lieu de peut-être. Peut-être n'entend-il pas quand vous lui parlez, avec les écouteurs qu'il se fourre dans les oreilles en permanence. Il ne sourit pas souvent, et c'est dommage car ses dents sont parfaitement régulières (son traitement d'orthodontie vous a coûté une fortune). Ce virtuose de la technologie moderne ne s'intéresse à rien d'autre qu'aux écrans devant lesquels il est scotché. Vous ne direz pas : « Il est complètement inculte, quelle génération perdue ! », mais plutôt : « La génération Z est déjà dans l'économie de demain. Elle fonctionne en mode collaboratif, elle est sans arrêt à l'affût des nouveautés. C'est un basculement vertueux qui s'opère. »

Vous attendrez beaucoup de lui. Il devra choisir par lui-même sa voie, son métier. Vous aurez peur qu'il ne prenne une décision irrévocable, abandonner ses études, faire un enfant, entamer des études de sociologie. Vous aurez hâte qu'il se dirige vers une carrière où il réussisse tout en s'épanouissant. Pourvu qu'il ait une existence meilleure que ses parents ! Sa réussite sera aussi la vôtre. Il vous doit bien ça, après tout le temps et l'argent que vous lui avez consacrés (stage d'anglais, cours particuliers de maths...). S'il échoue, son échec lui appartiendra. Tant pis pour lui, il aura eu toutes les cartes entre les mains.

Mais il préfère ne rien choisir, n'a aucun projet de vie. Certes, il aime voyager, rencontrer des gens : on en conviendra, c'est cool, mais ce n'est pas très original. Rencogné dans sa vie protégée, il dédramatise l'avenir, minimisera les dangers et oublie que l'existence est un combat. Ou, plutôt, il ne le sait que trop bien, et il en tire les conséquences : à quoi bon se crever la paillasse ? Pour avoir le même non-destin que vous ?

Tout cela compromet ses chances d'insertion dans un monde où il n'est pas forcément le bienvenu. Vous ne pourrez pas vous empêcher de vous faire du souci pour lui : il est évident que nos jeunes vivront moins bien que nous, qui déjà vivons moins bien que nos aînés... Encore une dizaine de générations peut-être, et le retour vers l'âge des cavernes se profile à l'horizon de l'histoire de l'humanité. Le Neandertal est devant nous, et ce n'est probablement pas négociable.

En attendant le *revival* des âges farouches, le jeune saisit toutes les occasions pour vous agacer. Vous avez tout fait pour bannir le négatif, le défectueux, de votre vie ? Eh bien, le voilà de retour, il entre par la fenêtre, sans crier gare ! C'est que le cher petit teste les limites afin de se structurer, un peu comme les chiots font leurs dents. Vous vous retiendrez pour ne pas lui hurler : « Pas de télé ni d'ordi ce soir ! », « Termine ton assiette ! », « Fais tes devoirs ou je te fiche une raclée ! » mais on n'est plus dans les années 1960. Dans vos rêves les plus fous vous le gratifierez d'un coup de pied aux fesses ou d'une bonne claque, mais ces archaïsmes dignes du passé sont de plus en plus considérés comme des crimes contre la dignité de la personne.

Quand donc fera-t-il, enfin, son apprentissage de la citoyenneté ? Et, surtout, va-t-il rester chez vous jusqu'à 30 ans, comme une bernique sur son rocher ? Il est probable que oui. Confortablement installé dans la jeunesse, il a l'intention d'y demeurer englué dix, douze, quinze ans. Quand enfin il débarrassera le plancher, ce sera un signe fort de son indépendance, une date phare à marquer d'une croix. Vous serez content, mais vous ne montrerez pas votre allégresse en criant « youpi, enfin libre », car le seuil de l'acceptabilité sociale serait dépassé. Vous prendrez un air abattu, et gémirez : « J'ai du mal à dépasser le syndrome du nid vide. »

39

Si, seniors

Votre jeune a enfin quitté le domicile familial, ouf ! Mais vous devrez vous occuper de votre mère, sur laquelle le temps n'a pas de prise. Elle est à l'écoute de ses désirs, de ses émotions, elle est exaspérante avec son optimisme de fer, sa bonne santé et surtout sa franchise. Non, elle ne parle pas la *no man's langue* contemporaine – elle a (brièvement) babillé le jargon du marxisme-léninisme en 1968, mais l'a vite oublié. Depuis, elle a juré de faire table rase de l'hypocrisie, peut-être en réaction contre ses propres parents, qui ont fait semblant de croire au petit Jésus et d'obéir au maréchal Pétain.

Un fardeau chasse l'autre. Vous vous dites qu'il faudrait non pas tuer le père (votre génération n'est pas assez contestataire pour avoir envisagé cette option), mais surtout tuer la mère (une expression curieusement absente de la vulgate psy). L'espace d'une nanoseconde, vous vous sentirez en empathie avec ces forcenés qui, un jour de ras-le-bol, liquident leur famille. Vous vous demanderez, sans pour autant cautionner leurs actes, si ces serial killers ne tentent pas quelque part de traverser les apparences, ces cartes postales du bonheur que vous essayez de vendre à vos proches, et d'abord à vous-même.

Revenons à celle qui vous a donné la vie. Vous avez à son égard un devoir de gratitude. Mais il est teinté d'agacement. Car les vieux sont plus aisés que vous ne serez jamais, ils ont acheté des maisons au moment où elles ne coûtaient pas grand-chose, et ils se sont bien débrouillés dans un monde où l'économie créait des emplois à tout-va. Surtout, pas d'attitude revancharde à l'égard de ces seniors qui vivent dans l'aisance. Ils sont riches, mais il ne faut pas le dire trop fort ; si vous vous risquez sur ce terrain, vous ajouterez une phrase de compromis consensuel : « Ce n'est pas le cas de tous. » Les inégalités individuelles adoucissent, paraît-il, l'amère pilule de l'injustice générationnelle.

Les seniors sont les aristocrates d'aujourd'hui, ceux qui n'ont pas à gérer leur temps dès lors que tout leur agenda est vide d'obligations. Ils ont le droit d'être oisifs, de même que les très jeunes et les très riches. Ils sillonnent la planète vêtus d'habits de sport fluo. Bords de mer bétonnés, paradis lointains dévastés par des complexes hôteliers ? Tant pis, après eux le déluge. Musées pris d'assaut, expositions *sold-out* ? Comme tous les touristes, ils ont le culot de déplorer la présence de touristes là où ils s'agglutinent. Comme le dit ma mère : « C'était bondé à l'exposition Monnet au Grand Palais ! Cela prouve vraiment que les gens ne fichent pas grand-chose… » Non : cela prouve qu'il y a beaucoup de retraités qui peuvent passer leur journée à se distraire à tarif réduit.

Leur quiétude de planqués hors de danger vous énerve. Ceux qui avaient un boulot médiocre ont cessé de travailler dès 55-60 ans pour toucher une pension dorée alors que vous-même devrez suer sous le burnous jusqu'à ce que votre carcasse s'autodétruise. Non contents de ponctionner les dernières ressources d'un système social en faillite, ils exigent toujours davantage des actifs (donc, de vous) *via* les fonds de pension. Ces baby-boomers, élevés au lait généreux du plan Marshall, ont tout simplement pris en otage le *welfare state*.

En plus, ceux qui sont encore actifs refusent de céder leur place aux générations montantes. Vous enviez secrètement ces vieux éternellement juvéniles qui détiennent les postes clés de l'économie et de la politique. Les voilà : patrons de presse, industriels, concepteurs de campagnes publicitaires, professeurs d'université, tyranneaux de revues culturelles. Ils s'obstinent à diriger des boîtes, à se présenter aux élections, à monter sur scène, à tourner des films. Michael Bloomberg, maire de New York, a 69 ans, Robert De Niro 68 ans. La plupart des décideurs français appartiennent à cette génération scandaleusement optimiste née aux alentours de 1945. Ils ne doutent de rien et leur devise pourrait être : « Tout m'est permis. »

Ils regardent la classe d'âge juste après eux comme soumise, tout juste bonne à évoluer dans leur ombre et à leur fournir d'interchangeables bras droits. Si vous travaillez pour l'un d'entre eux, vous aurez intérêt à filer doux et à feindre d'adhérer à leur credo : vive la *rebelle attitude* (à condition qu'elle ne menace pas les pouvoirs en place, et tout particulièrement le leur). Quant aux jeunes, c'est à leurs yeux un vivier de petit personnel pas cher auquel ils peuvent refiler sans arrière-pensée les tâches répétitives et mal payées. Bref, les seniors appartiennent à une génération qui asservit sans vergogne celles qui viennent après la leur – une relation de type colonial, inédite dans l'histoire de l'humanité.

Il faudra même leur dire merci, car un conflit ouvert avec eux ne servirait à rien. Ce ne sont que de grands enfants, pas très matures. À quoi bon s'insurger ? Ce sont eux, depuis 1968, les indéboulonnables spécialistes de l'insurrection. Vous, vous ne vous rebellerez pas : pourquoi prendre la peine de renverser le monde des parents quand on peut l'acheter ou le récupérer pour le revendre morceau par morceau ?

Et puis se montrer aimable les encouragera à se montrer généreux avec les générations moins favorisées. Vous les aiderez à maîtriser les NTIC, à envoyer des e-mails, à décorer leur mur sur Facebook, ils vous en seront reconnaissants et vous coucheront peut-être sur leur testament – mais ils ne comptent pas mourir avant au moins un demi-siècle. L'avenir dure longtemps, comme le disait le général de Gaulle, décédé en culottes courtes à seulement 79 ans.

Conclusion

Il n'y a que la mauvaise foi qui sauve

Fort de votre extraordinaire capacité de dissimulation, vous voilà arrivé au royaume de l'hypocrisie. Sa musique d'ambiance agit comme un euphorisant léger. Vous vibrez à l'unisson de la communauté et vous mâchez avec un inentamable sérieux les marshmallows de l'époque, le Bien, le Taux de croissance, la Paix, le Respect.

Consensus au poing, en harmonie avec le monde, réconcilié avec votre moi profond, vous voilà un membre de plein droit du frémissant aujourd'hui. Irréprochable et sans aspérité extérieure, vous adhérez en façade à une règle du jeu que vous maîtrisez. Vous êtes un marrane absolu.

Vous aimez votre travail, vos enfants et la société qui vous entoure. Vous applaudissez à l'ordre des choses, vous trouvez séduisant l'inéluctable, vous mobilisez vos forces pour faire advenir un nécessaire qui n'advient que si vous y contribuez (mollement, car il ne faut rien exagérer). Vous donnez le change (mais pas un centime de plus). Réaliste et souple, vous voilà en symbiose avec l'instant *t*, avec la seconde *s*. Elle est pas belle, la vie ?

Vous maniez avec maestria l'art de l'écran total : tout est sous contrôle. Vous avez tourné le dos aux efforts pathétiques et contre-productifs pour vous exprimer sans jargon, pour agir sans contrepartie, pour vous singulariser ou tout simplement pour dire non. Vous êtes dans l'équipe qui gagne. Votre mode de vie est optimisé, votre *roadmap* se trouve désormais sécurisée autour d'un schéma directeur. C'est ce qui s'appelle une trajectoire zéro défaut. Vous voilà prêt à intégrer un univers à haut potentiel pour devenir un décideur de la sphère techno-marchande.

Là-bas, dans les coins, il y en a qui ricanent... Qui trouvent que vous en faites un peu trop, dans le rôle de scout empressé de la nouvelle hygiène sentimentale... De steward de la morale dominante... Que toutes ces contorsions pour une petite place au soleil dans les lendemains mondialisés qui déchantent déjà, quelle perte de temps... Il y a des sceptiques qui pensent qu'il vaudrait mieux vivre comme un ermite, dans une cahute loin de la société, comme Henry David Thoreau, le père de la désobéissance civile.

Ne les écoutez pas. Ce sont des irresponsables. Des traîtres de notre époque. Des *refuzniks* de la réussite. Assumez, vous êtes un hypocrite et vous en êtes fier. Tiens, c'est quand, la Fake Parade ?

Moi j'y serai : grâce et avec l'écriture de cet ouvrage (une véritable thérapie), j'ai beaucoup progressé sur le chemin de l'hypocrisie consensuelle. On se dit à bientôt ?

Table

Mise en pages
PCA
44400 Rezé

Cet ouvrage a été imprimé
en octobre 2012 par

FIRMIN-DIDOT

27650 Mesnil-sur-l'Estrée
N° d'édition : L.01ELJN000304.A002
N° d'impression : 114826
Dépôt légal : septembre 2012
Imprimé en France